www.tredition.de

AF177503

Lothar Jakob Christ

Aufprall

22.November 15:18 PST

www.tredition.de

© 2019 Lothar Jakob Christ

Verlag und Druck: tredition GmbH, Hamburg

ISBN
Paperback: 978-3-7482-2362-7
Hardcover: 978-3-7482-2363-4
e-Book: 978-3-7482-2364-1

Vorwort

Ich bitte alle, die ein astronomisches Verständnis haben, um gnädige Milde. Diese Geschichte wurde nicht geschrieben, um wissenschaftliche Ansprüche zu erfüllen. Dieses Buch wurde geschrieben, weil es dem Schreiber Spaß machte, eine Geschichte zu erzählen. Spannend, lustig, satirisch, schelmisch, fantastisch, einfach nur so eine Geschichte von einem Geschichtenerzähler.

Ω

Die untergehende Sonne illuminierte den frühen Abend in ein angenehmes Licht und malte lange Schatten in die Landschaft, die in Rot- und Orangetönen reflektierte. Steve fuhr mit seinem uralten Jeep Willys die Serpentinen hinauf zum Observatorium und er zog dabei eine lange Staubwolke hinter sich her, den Berg hinauf. Es war Mitte August und eiskalt. Der Winter in Chile zeigte sich gerade hier oben in den Bergen noch von seiner unangenehmen Seite und obwohl Steve in seinem offenen Jeep in eine dicke lederne mit Fell gefütterte Fliegerjacke und in eine ebenfalls mit Fell gefütterte Fliegermütze eingepackt war, so war er doch froh, dass er nun gleich den Parkplatz und somit den Berggipfel auf dem das Observatorium stand, erreicht haben würde.

Steve Hernandez ist ein promovierter amerikanischer Physiker, der hier oben in den chilenischen Bergen einen Forschungsauftrag erfüllt. Seit nun schon fast sechs Monaten lebt er hier in der Abgeschiedenheit der Berge, während seine Frau Linda mit den Kindern Jerome und Christine in Kalifornien in der Nähe von Santa Monica leben. Linda ist zwar oft alleine mit den Kindern, hat als ebenfalls promovierte Physikerin jedoch großes Verständnis für Steves Ar-

beit. Zudem wird er, wenn er seinen Forschungsauftrag erfüllt hat, bestimmt mehr als ein Jahr wieder zu
Hause in Kalifornien sein, um seine Arbeit zu doku-
mentieren und wohl auch in Form eines wissenschaftlichen Buches zu publizieren.

Das Haus in Kalifornien hat Steve von seinem Vater geerbt, der es von seinem Vater und dieser wiederum von Steves Urgroßvater vererbt bekam. Pedro
Jesus Garcia Hernandez, der Urgroßvater von Steve,
kam Mitte des 19. Jahrhunderts von Mexiko an die
kalifornische Küste. Er erwarb ein großes Grundstück an der Pazifikküste und fristete sein Leben als
Fischer, wie auch noch Steves Großvater und Vater.
Das Haus selbst, das natürlich von jeder Hernandez
Generation modernisiert worden war, stand auf einem Grundstück, auf dem man gut und gerne drei
bis vier von diesen luxuriösen Villen, wie in Santa
Monica üblich, hätte erstellen können. Und Steve
könnte nach einem Verkauf dieses Grundstückes
auch längst ausgesorgt haben. Hohe Millionen Dollar
Summen wurden ihm von unterschiedlichsten Mak-
lern geboten. Jedoch war ein Verkauf nicht möglich.

Worin der alte Pedro Jesus Garcia Hernandez in
seinem Testament vorgesorgt hatte. Dem Erben des
Anwesens war es nur gestattet auf diesem Grund zu
leben, solange er selbst dort lebt, um das Grundstück
dann an den nächsten erstgeborenen Sohn weiterzu-
vererben. In Steves Fall war das Jerome Hernandez,
Steves Sohn. Sollte jemand vor dem eigenen Ableben
das Grundstück verlassen wollen, dann musste er es

an den nächsten in der Erbfolge der Familie Hernandez weitergeben. Da alleine Steves Urgroßvater 13 Kinder hatte, kann man sich vorstellen, wie lang die Liste der Erbfolge in der Familie Hernandez mittlerweile angewachsen ist. Somit waren das Haus und das Grundstück unverkäuflich und Steve und Linda Hernandez lebten auf ihrer Enklave wie auf einer Insel zwischen all den Millionären in ihren Luxus Villen hier in Santa Monica.

Steve hatte seinen Jeep abgestellt und sprach noch ein paar Worte mit den Leuten von der Instandhaltung, die in der Tagschicht dafür sorgten, dass das Observatorium der Checkliste folgend gewartet wurde. Dann passierte Steve die mehrfach gesicherte Zugangskontrolle, um an seinen Arbeitsplatz zu gehen. Er startete zunächst den Computer bevor er über eine stählerne Treppe an seinen eigentlichen Arbeitsplatz gelangte. Dort am Teleskop würde er den größten Teil seiner Nachtschicht verbringen und den Forschungsauftrag abarbeiten, indem er akribisch dem Projektplan folgte.

Bevor er jedoch mit seiner eigentlichen Arbeit anfing, genoss er sein Privileg, als einer der wenigen Menschen in die weiten des Universums hinaus schauen zu dürfen. Hinaus aus unserem Sonnensystem, hinaus aus unserer Galaxy und hinein in Millionen Lichtjahre entfernte Galaxien ganz, ganz weit hinaus in die Unendlichkeit des Weltraumes.

Genau das machte Steve auch heute, bevor er mit seiner Arbeit beginnen würde. Zwar hielt er das Teleskop in Richtung des Zielgebietes seines Forschungsprojektes, aber es war trotzdem ein Unterschied, ob man nun einfach Sinn verloren in die Weiten des Universums schaute, oder ob man an einem Projektplan orientiert ganz gezielt und bewusst ein Objekt fokussiert. Als Steve nun hinaus in die Unendlichkeit blickte, da erschien ihm auf einmal ein Lichtpunkt, der eben dort noch nicht zu sehen war. Gerade so als irgendetwas das aus einem Schatten herausgetreten war und nun von einer woher auch immer stammenden Lichtquelle angestrahlt und zum Leuchten gebracht wurde. Oder fiel Steve auf einen nicht wirklichen Lichtpunkt herein und es war einfach nur ein Blitz vor seinem geistigen Auge und nur ein Produkt wegen des durch das Teleskop starren. Steve hielt inne, lehnte sich zurück, um sein Auge in dem abgedunkelten Arbeitsraum zu beruhigen, bevor er erneut durch das Teleskop in Richtung des wahrgenommenen Punktes schaute. An gleicher Stelle war der Lichtpunkt noch immer zu sehen. Es konnte also keine Täuschung gewesen sein. Aber was war das, was sich da auf einmal aus dem Nichts heraus zeigte?

Steve merkte mit einem Blick auf die Uhr, dass ihm die Zeit davon gelaufen war und er nun mit seinem eigentlichen Arbeitsauftrag beginnen musste. Das lenkte ihn auch von der gemachten Entdeckung ab und er konnte sich gewohnt konzentriert auf seinen Forschungsauftrag fokussieren. Um 5:30 Uhr verließ er dann das Observatorium in die kalte Nacht. Auch dem Jeep Willys war es wohl zu kalt gewesen hier oben auf dem kalten Bergparkplatz und Steve benötigte einige (Geduld) bis das alte Aggregat willens war anzuspringen. Als Steve nun die Serpentinen Richtung Camp hinunterfuhr, wo er in einer kleinen aber komfortablen Hütte lebte, da kam ihm der am Abend zuvor gesehene Lichtpunkt wieder in den Sinn. Er hatte sich die Koordinaten des Lichtpunktes notiert und sollte diesen so auch schnell wieder finden. Aber was zum Teufel kann das sein. Steve war sich sicher, dass der Lichtpunkt in dem Moment aufgetreten ist, als er durch das Teleskop schaute. Der Lichtpunkt war nicht schon da.

„Der ist erschienen, als ich dort hingeschaut habe."

Steve stellte den Jeep ab und ging in seine Behausung. Er hängte die dicke Jacke und die Fliegermütze im Flur an den Haken, um sich in der Schlafkammer auf das Bett zu legen. Nach einer langen arbeitsreichen Nacht schlief Steve meistens gut und schnell ein, um dann am frühen Nachmittag den Tag mit einem Frühstück zu beginnen. Heute war es ihm nicht möglich einzuschlafen. Immer und immer wieder erschien ihm der Lichtpunkt vor seinem geistigen Auge. Ohne sich erklären zu können, was das verdammt noch einmal ist, da draußen in den Weiten des Universums, ging ihm die Erscheinung einfach nicht mehr aus dem Kopf. Irgendwann, die Sonne war schon aufgegangen an diesem Wintertag in den chilenischen Bergen, da gewann die Müdigkeit den Kampf gegen diese bohrenden Gedanken und Steve ist eingeschlafen.

Es war noch nicht 13:30 Uhr, als Steve schon wieder aufwachte. In seiner Hütte war es richtig kalt geworden und Steve war froh, dass er in seinem kleinen Duschbad den Heizkörper auf einer höheren Stufe hatte stehen lassen. Er genoss die Wärme in dem kleinen Raum während er seine Morgentoilette verrichtete und auf seinem iPad die aktuelle online Version der Los Angeles Times las. Dann nahm er eine Dusche, rasierte sich, putzte die Zähne und stieg in seine Levi's 501, welche in der Nähe des Heizkörpers hing und angenehm warm war. Als er dann in der Wohnküche stand, an die Küchenzeile angelehnt, einen Kaffeebecher in der Hand und aus dem Fenster hinaus in das Camp schauend, da kam ihm der am gestrigen Abend entdeckte Lichtpunkt wieder in den Sinn. Am liebsten wäre Steve direkt hinauf zum Observatorium gefahren, um nachzusehen, ob der Lichtpunkt noch immer zu sehen wäre. Ob er sich bewegt hat? Ist er vielleicht gar nicht mehr zu sehen? Aber was war es dann? Ist der Lichtpunkt doch noch immer zu sehen? Vielleicht hat er wirklich seine Position verändert? Aber um welch ein Objekt handelt es sich dann? Fragen über Fragen, die Steve durch den Kopf gingen. Aber er musste sich gedulden. Die Zugangskontrolle zum Observatorium war so geschaltet, dass Steve mit seinen Zugangsdaten erst kurz vor

Schichtbeginn um 18:00 Uhr Zugang erhielt. So lange musste er sich gedulden. Jedoch war Steve fest entschlossen, die kommende Nacht nur seiner Entdeckung zu widmen. Das konnte er sich erlauben. Immerhin war er mit seinem Forschungsauftrag schon drei Wochen weiter als es im Projektplan vorgesehen war. Das gab Steve eine gewisse Flexibilität. Zeit, die er nun für sein eigenes Projekt verwenden konnte. Es war kurz nach 14:00 Uhr. Also noch lange hin, bis die Zugangskontrolle für Steve freigeschaltet wird. Steve nutze die Zeit für ein Telefonat mit Linda. Danach schaute er in den Kühlschrank und machte im Geiste eine kleine Inventur. Nach einem Blick auch auf die Getränkevorräte fuhr Steve im Willys zum anderen Ende des Camps, wo sich ein kleiner Store befand. An anderer Stelle würde man vielleicht Kiosk dazu sagen, aber bei Bruno Santana bekam man alles was man hier im Camp benötigte und alles, was das Leben hier in der Abgeschiedenheit etwas angenehmer machte. Steve hatte seine Besorgungen schnell erledigt, stellte seine Einkauf-Kiste in den Jeep und lief zu Fuß hinüber in die kleine Kneipe im Camp. Dort bei Mateo Rodriquez traf man sich nicht nur gerne auf ein Bier um dabei über Gott und die Welt zu reden. Bei Mateo bekam man auch immer eine warme Mahlzeit. Vorzugsweise Eintöpfe, aber fast täglich abwechselnd. Heute stand Porotos granados auf der Tafel. Hauptbestandteil des Gerichts sind Bohnen und Mais, Kürbis, Zwiebeln und Knoblauch. Es war nun zwar schon fast 16:00 Uhr, bei Mateo konnte man aber zu jeder Tageszeit etwas Warmes zu essen bekommen. Immerhin arbeiteten die Camp-Bewohner fast alle in irgendeiner Weise für das Observatorium in unterschiedlichen Schichten rund um die Uhr. Steve saß mit dem Franzosen Pierre und Nanna einer Dänin zusammen am Stammtisch und genoss seinen Eintopf.

In Gesellschaft schmeckt es einfach besser.

Dann, es war schon fast 17:00 Uhr, brach er auf. Er verstaute seine Einkäufe im Kühlschrank und stellte das Bier und Coca Cola Büchsen hinter einen Vorhang im Flur neben der Garderobe. Nun belegte sich Steve noch ein Sandwich und packte zwei Dosen Coke in seine Umhängetasche, bevor er Fliegerjacke und Mütze anzog, um in der nun hereinbrechenden Abenddämmerung hinauf zum Observatorium zu fahren. Gemeinsam mit zwei anderen Wissenschaftlern wartete Steve nun darauf, dass die Zugangskontrolle für ihn freigeschaltet wurde. Es war 17:50 Uhr, als er seinen Ausweis an das Lesegerät hielt. Der Tür-Summer brummte und gab den Weg frei zu zwei weiteren Schleusen. Steve startete seinen Computer und stieg die stählerne Wendeltreppe hinauf zum Teleskop. Er kramte den Zettel, auf den er gestern die Koordinaten kritzelte, aus der Levi's Tasche. Stellte das Teleskop entsprechend ein. Steve schaute hinaus in die weite unendliche Welt um uns herum und da war er, der Lichtpunkt. Steve war nun nur noch darauf fokussiert, er machte vielfältige Untersuchungen und Berechnungen. Die Nacht verging wie im Fluge.

„He Steve, es ist gleich sechs Uhr. Feierabend! Mach hin. Spätestens nach 12 Stunden musst du hier raus sein, sonst schlägt die Zugangskontrolle Alarm."

Es war Stanley, einer der Briten, der Steve darauf aufmerksam machte, dass er das Observatorium nun verlassen musste. Steve war erstaunt, wie schnell die Nacht vergangen war. Nachdem er seinen Computer wieder heruntergefahren hatte, nahm er seine Umhängetasche und ging hinaus auf den Parkplatz. Obwohl es hier oben sehr frisch war, packte er auf der Motorhaube des Willys, sein am Vorabend geschmiertes Sandwich aus und öffnete sich eine Dose Coke. Erst jetzt merkte Steve, wie hungrig er war. Während er sein Sandwich aß und in Richtung der nun bald aufgehenden Sonne sah, gingen ihm noch einmal die in der Nacht gewonnenen Erkenntnisse durch den Kopf. Die letzten zwölf Stunden haben bei Steve eine sehr konkrete Vermutung entstehen lassen. Diese wollte er nun in den nächsten Tagen konkretisieren. Wie gesagt, sein eigentlicher Forschungsauftrag ließ ihm ja in etwa drei Wochen, die er im Voraus war.

Nach weiteren sieben Nächten, in denen Steve nichts anderes tat, als sich um seine Entdeckung zu kümmern, war sich Steve sicher, dass er einen interstellaren Asteroiden entdeckt hatte. Das war eine absolute Seltenheit. Zumal der Asteroid noch nicht in unser Sonnensystem eingedrungen war. Also eine astronomische Sensation, die Steve sehr viel Anerkennung bringen würde. Aber Steve glaubte auch, herausgefunden zu haben, dass der Asteroid Kurs auf unser Sonnensystem nahm. Nach dem Eintritt würde der Asteroid durch die Gravitation unserer Sonne eingefangen werden und würde auch durch die äußeren Planeten unseres Sonnensystems auf eine Umlaufbahn in unserem System gelenkt werden. Und dann offenbarten die komplizierten Formeln, die Steve in seinem Computer berechnen ließ, dass der Asteroid auf dieser nun berechneten Bahn auf Kollisionskurs mit unserer Erde war. Und als wäre das nicht schlimm genug, so war sich Steve sicher, dass der Asteroid einen Umfang von ca. 28 km maß. Somit war dieser Asteroid also größer als derjenige, der vor rund 60 Millionen Jahren das Schicksal der Dinosaurier besiegelte. Dieser Asteroid bedrohte also den Fortbestand unserer Zivilisation. Dieser Asteroid bedrohte die Menschheit und alles Leben, was nicht mikroskopisch klein tief in der Erde sein Dasein fristete. Und am Ende all dieser Erkenntnisse wurde Steve ein Ergebnis all seiner Berechnungen präsentiert.

Aufprall: 22. November um 15 Uhr18 Minuten in drei Jahren und etwas mehr als zwei Monaten.

Steve saß vor seinem Computer, starrte auf das ihm dort offenbarte Ergebnis. Er spürte Gänsehaut am ganzen Körper. Schweißperlen bildeten sich auf seiner Stirn. Er wusste nicht, ob er fror oder ob ihm heiß war. Sein Blick war festgefroren auf seinem Bildschirm wo am Ende scheinbar unendlicher Formeln, ohne Absatz und wie selbstverständlich geschrieben stand.

Impact: novembre 22. at 15:18 PST.

„Steve ...hey! Steve ...alles OK mit dir?" Nanna, der Wissenschaftlerin aus Dänemark war wohl aufgefallen, dass Steve vor seinem Computer sitzend um Fassung rang.

„Hast du da draußen in den weiten des Alls einen Geist oder vielleicht den lieben Gott gesehen? Oder ist es dir übel geworden? Kann ich dir helfen?"

„Danke, Nanna, alles OK! Ich habe meine Formeln überprüft. Bei mir ist alles in Ordnung."

„Sicher Steve, von meinem Platz sieht es aus, als hättest du Schweißperlen auf der Stirn?"

„Nein, nein, alles OK. Mir ist nur etwas warm."

„Wenn es dir warm ist, dann kann etwas nicht stimmen. Ich habe meinen Mantel angezogen und friere immer noch!"

„Nanna, glaube mir, es geht mir gut alles OK. Es ist 5:20 Uhr. Ich mache Feierabend für heute."

Steve fuhr den Computer runter, zog sich Fliegerjacke und Mütze an und verließ das Observatorium. Ging über den Parkplatz und setzte sich in seinen Jeep.

„Hey Steve, du bist doch vor zwanzig Minuten schon gegangen. Springt dein Willys nicht an? Willst du mit mir ins Camp zurückfahren?"

„Ist schon gut Nanna. Ist halt nicht mehr der jüngste mein Jeep. Der wird jetzt anspringen."

„Ist wirklich alles OK mit dir, Steve?"

„Ja, Nanna, alles OK glaube mir."

„Na, dann komme gut nach Hause. Bis morgen Steve."

„Bis morgen, Nanna."

Steve hatte nicht gemerkt, dass er fast eine halbe Stunde lang im offenen Jeep auf dem kalten Parkplatz saß und wohl nur an den Asteroiden gedacht hatte. Er drehte den Schlüssel nach rechts und der Motor vom alten Jeep Willys sprang direkt an. Als er losfuhr, sah er, dass Nanna in ihrem Suzuki gewartet hatte und nun hinter ihm herfuhr. Steve konzentrierte sich wohl wissend, dass Nanna hinter ihm fuhr, auf die Straße und die Serpentinen. Auch fuhr er nicht so forsch wie üblich. Er wollte Nanna hinter sich nicht die Sicht nehmen und er vermied es, eine für den nachfolgenden Verkehr, unangenehme Staubwolke aufzuwirbeln.

Aufprall: 22. November um 15:18 Uhr!

Alle Gedanken endeten an diesem Punkt. Steve konnte an nichts anderes mehr denken als an seine Entdeckung da draußen im Weltall. Er begann sich bald zu fragen, warum er es denn ausgerechnet ist, der die Stecknadel im Heuhaufen gefunden hat. Zum jetzigen Zeitpunkt war es in der Tat eher unwahrscheinlich, dass ein anderer eine gleiche Entdeckung machen könnte, wie er sie gemacht hat. Selbst für Wissenschaftler, die im gleichen Zielgebiet forschen, wäre es ein Zufall zum jetzigen Zeitpunkt die gleiche Entdeckung zu machen. Gewiss: Mit jedem Tag kam der Asteroid unserem Sonnensystem und somit unserer Erde ein Stück näher. Damit nimmt die Wahrscheinlichkeit des entdeckt werden entsprechend zu und irgendwann in den nächsten Monaten werden andere den Asteroiden auch sehen. Dann werden auch andere den Reiseweg des Himmelskörpers berechnen, dann werden auch andere erkennen, wo und wann die Reise des Asteroiden enden wird. Dann stellt man vielleicht fest, dass es dann zu spät ist zu reagieren. Man sagt vielleicht, dass ein früheres Erkennen, ein Erkennen nur wenige Monate früher, eine Katastrophe hätte vermeiden lassen. Aber war ein Aufprall eines Asteroiden auf der Erde überhaupt zu vermeiden? Wie weit waren die Militärs mit ihren Erkenntnissen, mit denen Asteroiden auf Erdkurs von ihrem Ziel abgelenkt worden sein könnten? Gut, man ist bereits auf Asteroiden gelandet, man hat Gesteinsproben analysiert. Aber hat man auch versucht, Asteroiden von ihrer Bahn abzubringen? Steve wusste es nicht. Auch Recherchen, die er in der wissenschaftlichen Community anstellte, brachten ihm keine diesbezüglich neuen Erkenntnisse.

Er, Steve konnte doch aber das Wissen darüber, dass die Menschheit bald in einer Apokalypse enden wird, nicht ganz alleine für sich behalten. Zumal dieses exklusive Wissen ja auch nicht bis zum Tag des Aufpralls Bestand haben würde. Aber wem sollte sich Steve offenbaren? Wie konnte er sicher sein, dass derjenige, den er in sein Wissen einweiht, dieses Wissen nicht umgehend öffentlich machen würde. Steve hatte darüber, dass der Zeitpunkt eines Asteroiden Einschlages öffentlich wird, größte Bedenken. Gedanken daran machten ihn geradezu verrückt. Wenn Steve dann vor lauter Erschöpfung eingeschlafen war, dann rissen ihn Träume wieder aus dem Schlaf. Immer wieder sah er in seinen Träumen die Veröffentlichung seiner Entdeckung in Internet Foren.

Die Headline; Impact: November 22, at 15:18 PST.

Innerhalb von weniger als einer halben Stunde, nein, in weniger als 15 Minuten, war diese Information in allen Ecken der Welt verbreitet. Einmal reagierten die Menschen mit Depression und millionenfachem Suizid. Dann in einem neuen Traum reagierten die Menschen aggressiv und warfen all ihre Moral und Ethik über Bord und sie nahmen sich in Anbetracht der nahenden und endgültigen Katastrophe einfach alles, was sie bekommen konnten. Es kam zu millionenfachen sexuellen Übergriffen. Die Menschen plünderten und raubten, man schlug sich gegenseitig die Köpfe ein und es herrschte von jetzt auf gleich, Anarchie, überall auf der Welt. In anderen Träumen wiederum machte man sich über die Information eines bevorstehenden Unterganges der Menschheit nur lustig. Man reagierte damit, dass in den 20er Jahren des letzten Jahrhunderts schon einmal von der Sekte der Zeugen Jehovas der Weltuntergang proklamiert wurde ...ha, ha, ha!

Nicht nur, dass Steve jedes Mal nass geschwitzt aus diesen Träumen erwachte. Nein es belastete ihn zunehmend. Er musste dringend ein Ventil finden, über das er Druck ablassen konnte, um nicht an der Last, die ihm mit seinem exklusiven Wissen aufgebürdet wurde zu kollabieren. Wenn Steve im Observatorium war, dann war er nur noch dort um seine Berechnungen wieder und wieder zu überprüfen. Wie sehr wünschte er sich, in seinen Formeln den entscheidenden Fehler zu finden. Er ging so weit, dass er die nun neuesten Koordinaten des Asteroiden als Grundlage völlig neuer Berechnungen annahm und er baute das komplizierte Rechenwerk von null noch einmal auf um aber auch danach, das bereits bekannte Ergebnis auf den Computer zu sehen.

RESULT--IMPACT--NOVEMBER 22 at 15:18 PST

Schon seit einiger Zeit viel den Kollegen im Observatorium die Wesensveränderung bei Steve auf. Es muss so deutlich gewesen sein, dass man ihn auch offen darauf ansprach. Steve wiegelte dann ab und nannte seine zunehmend anstrengende Arbeit als Grund. Auch hätte er schon lange keine Auszeit mehr gehabt und er wies darauf hin, dass ein geplanter dreiwöchiger Urlaub zu Hause in Kalifornien bevorstehen würde. Aber auch davor hatte Steve angst. Wird er vor Linda seine Sorgen und Gedanken verbergen können? Sehr wahrscheinlich nicht. Wird er ihr sein Geheimnis anvertrauen, um wenigstens in ihr einen Mitwisser zu haben? Auch diesen Gedanken verwarf er wieder. Wie würde Linda reagieren, wenn sie erfahren würde, dass ihr Leben und vor allem das von Jerome und Christine nur noch drei Jahre dauern würde?

Natürlich weiß keiner von uns, ob wir die nächste Stunde überleben werden. Aber es hat eine ganz andere Qualität, wenn man ein festes unverrückbares Datum für den Zeitpunkt des persönlichen Endes genannt bekommt.

Zwischenzeitlich hatte sich Steve durchgerungen seinen Präsidenten im Weißen Haus in Washington D.C., um eine Audienz zu bitten. Er schrieb einen Brief an das Weiße Haus mit dem Hinweis, dass er etwas Wichtiges mit diesem besprechen müsse. Steve, war die Aussichtslosigkeit seines Tuns im Grunde schon bewusst. Jedoch war es für ihn so etwas wie ein Strohhalm, der ihn davor bewahrte im Sumpf seiner Verzweiflung endgültig zu ertrinken. Bevor er dann am 12. Oktober seinen Heimaturlaub antreten sollte bekam er tatsächlich einen Brief aus Washington. Inhaltlich war dazu nicht viel zu sagen. Mit dem Brief wurde halt sein Strohhalm geknickt und man teilte ihm in einem weitestgehend vorgefertigten Schreiben mit, dass er doch bitte seine wichtige

Information an den Präsidenten in einem Brief formulieren solle, man würde das dann prüfen.

Ω

Am 12. Oktober wartete Steve auf dem Aeropuerto international Comodoro Arturo Merino Benitez in Santiago de Chile auf sein Boarding für den Flug nach Los Angeles. Es waren nun fast schon acht Monate vergangen seitdem Steve zum letzten Mal bei Linda und den Kindern gewesen ist. Dieses Mal wurde nun jedoch seine Vorfreude auf Frau und Kinder von den nicht enden wollenden Gedanken an den Asteroiden überlagert. Und so war es eigentlich eine Zwangsläufigkeit das Linda wenige Tage nach Steves Ankunft in Santa Monica, das Gespräch zu Steve suchte.

„Steve, sei, bitte ehrlich, gibt es da vielleicht eine andere Frau zwischen dir und mir?"

„Sag Linda, wie kommst du darauf? Niemals kam es mir in den Sinn dich zu betrügen. Ich liebe dich und ich bin stolz eine so tolle Frau, wie dich mein Eigen nennen zu dürfen."

„Wie erklärst du mir dann den Umstand, dass du nach acht Monaten in den Chilenischen Bergen nach Hause kommst und außer einem flüchtigen Kuss bei der Begrüßung in den letzten Tagen keine weiteren Kontakte zwischen uns stattfanden? Steve ich habe mich wirklich sehr auf dein Kommen gefreut. Ich habe in den letzten acht Monaten immer wieder einmal sehnsüchtig an dich gedacht. Habe mir dabei gewünscht, dass du mich in den Arm nehmen würdest, meinen nackten Körper berührst und mich streichelst. Wie sehr habe ich auf dich gewartet und wie schön habe ich mir in meinen Gedanken ausgemalt wie wir uns gegenseitig liebkosen. Uns dann gemeinsam auf dem Höhepunkt zu vereinen, um dann wach zu liegen, zu kuscheln und um es dann wieder und immer wieder zu tun. Steve, ich bin eine Frau und du bist ein Mann und ich sehne mich nach dir. Und nun bist du schon vier Tage hier in Santa Monica bei mir. Du sitzt den ganzen Tag auf der Veranda, schaust auf das Meer hinaus und grübelst über was auch immer. Sage mir bitte, was mit dir ist, sage mir bitte, sollte es da eine andere Frau geben."

„Linda, glaube mir, du bist meine große und einzige Liebe. Entschuldige bitte. Ich verspreche dir nun abzuschalten. Auch verspreche ich die Gedanken an meine Arbeit nun ruhen zu lassen. Ich bestelle uns einen Tisch zum Candle-Light-Dinner als Entree für einen schönen Abend und eine wunderschöne Nacht, bist du dabei?"

Linda stand auf und küsste Steve auf die Stirn. „Ich bin dabei! Ich liebe dich Steve."

Steve bestellte umgehend einen Tisch für das Abendessen in der Nähe der Piers und er suchte nach einer Möglichkeit seine Gedanken abzustellen. Irgendwie musste es ihm gelingen, den Asteroiden für den Rest seines Urlaubes auszuschalten. In diesem Moment rief Linda: „Steve, am Telefon möchte dich Sergej aus Sankt Petersburg sprechen. Ich habe dir den Hörer auf den Schreibtisch gelegt."

Sergej Ustinow war ein Kollege von Steve. Das Forschungsprojekt, das Steve in Chile begleitete, war eine Kooperation zwischen einem amerikanischen und einem russischen Institut. Die Projektpläne die Sergej in St. Petersburg und Steve in den Bergen von Chile bearbeiteten waren absolut identisch. Man wollte so sicherstellen, dass gewonnene Erkenntnisse des einen Forschungsergebnisses durch das Ergebnis der parallel stattfindenden Forschungen direkt und gegenseitig bestätigt würden.

„Hallo Sergej, Steve hier. Wie geht es dir?"

„Hallo Steve, danke der Nachfrage. Eigentlich geht es mir recht gut. Ich habe versucht, dich in Chile zu erreichen, aber man sagte mir, dass du dir eine Auszeit nehmen würdest und ein paar Tage bei deiner Familie in Kalifornien bist. Ich hoffe, ich störe nicht über Gebühren."

„Nein, nein. Kein Problem Sergej, was kann ich für dich tun?"

„Steve, ich wollte mich nur kurz mit dir abstimmen. Darüber, dass ich mit unserem Projektplan, bei dem ich einmal wie du auch ein paar Wochen im Voraus war, mittlerweile jedoch in das Hintertreffen geraten bin. Ich brauche einfach ein wenig Abstand und werde nun mit einem Freund zehn Tage zum Jagen in die Taiga fahren. Das wollte ich dir mitteilen, dass du Bescheid weißt, falls du mich zu erreichen versucht hättest."

„Vielen Dank, das ist sehr nett von dir Sergej. Aber ich kann dich beruhigen, auch ich bin mittlerweile etwas hinter dem Plan. Sieht so aus, als wären wir wieder synchron. Ich bin nun noch etwas mehr als zwei Wochen in Santa Monica und werde mich mit dir abstimmen, wenn ich wieder im Observatorium bin."

„Perfekt, ich habe mir solche Gedanken gemacht. Du beruhigst mich jetzt Steve, vielen Dank. Sag einmal, ist dir in unserem Forschungsgebiet irgend etwas Merkwürdiges aufgefallen?"

„Nein! Sergej, was soll mir den aufgefallen sein?"

„War nur so eine Frage! Dann ist ja alles im Einklang, ich wünsche dir eine schöne Zeit mit der Familie. Wir stimmen uns dann in drei Wochen ab."

„Sergej, so machen wir das. Ich wünsche dir Weidmanns Heil in der Taiga. Bis dann."

„Bis dann Steve. Mach es gut, schöne Zeit."

Nach einer Weile fragte Linda: „Was wollte Sergej von dir?" „Eigentlich nichts Besonderes, er ist wohl auch ein wenig durch den Wind und hängt im Projekt etwas nach. Nun geht er ein paar Tage in die Taiga, um Abstand zu gewinnen, und er wollte das, bei mir anmelden. Offensichtlich geht es ihm wie mir. Ich denke, das Wissen um Sergej's delay wird auch mir helfen nun etwas ruhiger in meinen Gedanken zu werden."

„Ja, das wünsche ich dir Steve! Und mir auch"ergänzte Linda.

Nach dem Telefonat mit Sergej ging es Steve wesentlich besser. Die zwei Männer hatten zwar nicht viel und lange gesprochen. Jedoch alleine der Hinweis, dass Sergej auch eine Verzögerung bei der Abarbeitung des Forschungsplanes einräumte, das machte Steve im Kopf freier. Als Steve dann am Abend mit Linda auf einer Restaurantterrasse unten am Pier bei Kerzenschein, einer guten Flasche Wein und besten Meeresfrüchten hinaus auf den Pazifik blickte. Da hatte er nur noch Gedanken an Linda. Für den abschließenden Kaffee haben sich Linda und Steve dann auf eine der Hollywood Schaukeln zurückgezogen. Steve nahm Linda in den Arm und er spürte eine immer stärker werdende Sehnsucht nach seiner doch so geliebten Frau. Linda ihrerseits lag mit geschlossenen Augen in Steves Armen. Sie genoss diese Situation der Zweisamkeit bis sie, ohne die Augen zu öffnen, zu Steve sagte: „Steve, lass uns bitte gehen. Hier ist einfach der falsche Platz, um das zu tun, was ich mir nun wünsche." Steve winkte der Bedienung, beglich kurz darauf die Rechnung und schon im Taxi nach Hause konnten Linda und Steve nur schwer von sich lassen. Steve drückte dem Taxifahrer eine 50 $ Note in die Hand.

„Stimmt so!" „Eine schöne Nacht wünsche ich den Herrschaften", erwiderte der Taxifahrer mit einem breiten Grinsen. Dieser Abend und die anschließende Nacht waren der Startschuss für zwei herrliche Wochen, die Linda und Steve verbrachten. Sowohl das Forschungsprojekt als auch der auf die Erde zu rasende Asteroid waren aus Steves Kopf wie wegradiert.

Ω

Jedoch bereits am 2. November, nachdem Steve sich von Linda vor der Sicherheitskontrolle verabschiedet und am Gate auf das Boarding für seinen Rückflug nach Santiago gewartet hatte. Waren die Gedanken, die ihn in den letzten Tagen so sehr verschont hatten, wie auf Knopfdruck, alle wieder da. Steve nahm in Höhe der Triebwerke am Fenster Platz und schaute hinaus in die hereinbrechende Dunkelheit. Es regnete leicht und es lag so etwas wie Nebel über dem International Airport in Los Angeles. Wie ein Blitz kam ihm das Telefonat mit Sergej in den Kopf und erst jetzt fiel ihm die von Sergej gestellte Frage so richtig auf:

„Sag einmal, ist dir in unserem Forschungsgebiet irgendetwas Merkwürdiges aufgefallen?" genau diese Frage stellte er am Telefon. Mechanisch ohne die Frage wirklich wahrzunehmen hatte Steve die Frage verneint. Aber natürlich war ihm, Steve, etwas

Merkwürdiges im Forschungsgebiet aufgefallen. „Aber warum stellte Sergej diese Frage?", ging es Steve durch den Kopf. „Warum wird mir erst jetzt bewusst, dass Sergej mir diese Frage gestellt hat, ob mir etwas Merkwürdiges in unserem Forschungsgebiet aufgefallen wäre?" Steves Gedanken galoppierten. Um ihn herum nahm er nichts mehr wahr, Steve war ganz und gar in sich gekehrt.

„Sind sie wach? Ist ihnen nicht gut? Kann ich Ihnen helfen? Ja sie meine ich, alles OK?"

„Ja, ja, ja … alles OK! Entschuldigen sie, alles gut."

„Dann schnallen sie sich bitte nun an, wir starten."

Die Stewardess klappte auf der anderen Gangseite den Notsitz herunter, schnallte sich darauf sitzend an und behielt Steve im Auge. Dieser versank jedoch schon wieder in seinen Gedanken und hatte für die wirklich attraktive Stewardess keine Augen. „Hat Sergej seinerseits etwas Merkwürdiges im Forschungsgebiet gesehen? Natürlich hat er das. Warum sonst fragt er mich? Aber was hat er dort gesehen, was er als mysteriös umschreibt? Hat ihn diese Beobachtung im Plan zurückgeworfen? Was macht ihn verrückt? Warum benötigt Sergej eine Auszeit und geht zur Jagd in die Taiga, obwohl er mit dem Projekt in Verzug geraten ist. Hat er, wie auch ich … natürlich … das kann gar nicht anders sein … Sergej muss den Asteroiden ebenfalls gesehen haben und er hat wie auch ich es getan habe Berechnungen angestellt! Nur das kann der Grund dafür sein, dass Sergej mit dem Projekt ins Hintertreffen geraten ist. Und nur das kann der Grund für seine Frage gewesen sein. Der Frage: Sag einmal, ist dir in unserem Forschungsgebiet irgendetwas Merkwürdiges aufgefallen?" Steve war mit seinen Gedanken wie im Tunnel. Unbedingt musste er mit Sergej sprechen. Dafür musste er aber in das Observatorium, nur von dort war es gestattet mit wissenschaftlichen Kollegen über die Projekte zu reden. Nur im Observatorium waren die Telefonverbindungen vor Lauschangriffen geschützt. Und gerade das, was Steve mit Sergej zu besprechen hatte, war auf keinen Fall für fremde Ohren bestimmt.

„Möchten sie nicht aussteigen mein Herr. Sie sind mir in Los Angeles doch schon aufgefallen? Fehlt ihnen wirklich nichts"

„Nein, nein, alles in Ordnung, ich war nur sehr in Gedanken, alles gut meine Dame, auf Wiedersehen!"

mit einem Regionalflugzeug ging es dann ca. 700 km nach Norden. Von La Serena war es dann noch eine einstündige Taxifahrt bis Steve gegen 4 Uhr in der Frühe endlich zurück im Camp und in seiner Hütte war. Er hatte im Taxi und davor auf dem Inlandsflug jeweils eine halbe Stunde geschlafen und nun im Bett in seiner Hütte liegend fand er keine Ruhe. In seinem Kopf kreisten immer und immer wieder die Themen.

-- Forschungsauftrag -- Rückstand -- Asteroid --
Sergej -- Aufprall 22. November -- Forschungsauftrag
-- Verzögerung -- interstellar -- Umlaufbahn-Kollisi-
onskurs -- Asteroid -- Aufprall 15: 18 PST -- Sergej --
Sergej anrufen--

Irgendwann schlief Steve ein und was er vor dem
Einschlafen bewusst gedacht hat, das erschien im
nun im Traum. Steve hatte Schweißausbrüche, ging
zur Toilette, legte sich wieder hin, drehte sich von einer auf die andere Seite und dann erkannte er, dass
der Rollo nicht ganz geschlossen war und die Sonne
blinzelte durch die Rollo Schlitze in Steves Schlafzimmer. Es war noch keine neun Uhr, als er aufstand und
sich einen Kaffee brühte. Bis 18:00 Uhr mindestens
musste er nun noch warten, um Sergej über die si-
chere Telefonverbindung zu erreichen. Früher schaltete die Zugangskontrolle nicht frei für Steve. 17:45
Uhr war der frühestens mögliche Termin, dann schaltete für Steve ein Zugangsfenster frei, das ihm bis
06:15 Uhr am anderen Tag ermöglichte das Observatorium zu betreten.

Da Steve nun etwas mehr als drei Wochen nicht in
seiner Camp-Unterkunft war, konnte er sich jedoch
wenigstens mit dem Erledigen von Einkäufen ablenken. Auch ging er zu Mateo in die Kneipe.

„Hallo Mateo, ich möchte mich zurückmelden.
Hast du einen Eintopf im Angebot, nach drei Wochen
habe ich so etwas wie Entzugserscheinungen, Sag
was mischst du da hinein?"

„Hola Steve, schön dich wiederzusehen. Gemüsetopf mit Fleischeinlage habe ich."

„Lecker, gibst du mir bitte eine Scheibe Brot und eine große Coke dazu."

Mateo leistete Steve Gesellschaft beim Essen, er gönnte sich selbst einen Teller seines Eintopfes und erzählte, dass man den Frühling nun im November immer stärker spürt. Die Temperaturen werden wirklich schon sehr angenehm am Tage. Es gesellten sich noch ein paar andere um den Stammtisch bei Mateo und als Steve auf die Uhr schaute, war es schon 15:00 Uhr am Nachmittag. Er fuhr von Mateo dann zur Tankstation, um seinen Jeep Willys vollzutanken. Danach ging Steve in seine Hütte, räumte die gekauften Nahrungsmittel in den Kühlschrank und im anderen Fall die Konserven hinter den Vorhang in das Getränkelager. Er belegte sich ein Sandwich. Packte zwei Getränkedosen in die Umhängetasche, legte alles bereit und brühte sich noch einen Nachmittagskaffee und las die Online-Nachrichten, bevor er im offenen Jeep in der spät nachmittäglichen Frühlingssonne hinauf zum Observatorium gefahren ist.

Steve parkte den Jeep und las auf der großen Uhr neben dem Haupteingang, dass er noch 5 Minuten zu warten hatte. „Wäre ich noch Raucher, hätte ich nun etwas zu tun und die Zeit würde viel schneller vergehen", philosophierte Steve. Aber auch ohne Kippe vergingen die 5 Minuten recht schnell. Punkt 17:45 Uhr hielt Steve seinen Ausweis an die Zugangskontrolle, die Tür brummte und Steve konnte diese nun leicht aufdrücken. Die zweite Tür öffnete, nachdem Steve eine ihm persönlich zugewiesene Pin eingegeben hatte und eine dritte Tür, die dann endgültig zu den Computern und den Teleskopen des Observatoriums führte, die scannte Steves Iris, bevor auch diese Tür den Weg freigab. Steve hängte seine Umhängetasche mit dem Sandwich und den Erfrischungen in einen Spind, zog sich einen weißen Kittel über und reservierte als Erstes einen kleinen geschlossenen Raum, in dem er ab kurz nach 18:00 Uhr Sergej in Sankt Petersburg anrufen wollte. Sergej hätte dann schon einen Großteil seiner Schicht hinter sich. Steve schrieb eine kurze Mail, in der er sich bei Sergej anmeldete.

»Hallo Brüderchen, ich melde mich um 00:15 MSK.«

Sergej seinerseits sendete Steve eine Mail mit Kontaktdaten für das Telefonat. Offensichtlich hatte sich auch Sergej einen kleinen Besprechungsraum für das Telefongespräch mit Steve im Sankt Petersburger Observatorium reservieren lassen.

Bei Steve war es 18:15 Uhr, als bei Sergej um 00:15 Uhr das Telefon läutete.

„Hey Steve, na bist du wieder zurück in deinen chilenischen Bergen? Ich hoffe, es geht dir gut und es plagt dich kein Heimweh."

„Hallo Sergej, schön dich zu hören. Natürlich wäre ich gerne bei Linda geblieben. Aber die Pflicht ruft. Sage mir: Hast du in der Taiga einen Bären erlegt?"

„In der Taiga war es herrlich. Ruhe, Ruhe, und nochmals Ruhe. Kein Schuss hat die Stille gestört und das Einzige, was wir geköpft haben, waren Wodka Flaschen. Ich habe mich wunderbar erholt."

„Sergej, du sagtest mir in Kalifornien, dass du mit dem Projektplan in Verzug geraten bist? Darf ich fragen, wie weit du hinter Plan bist?"

„Wir sollten aktuell Punkt 73 erledigt haben. Ich bin jedoch bei Punkt 68."

„Das ist doch noch OK Sergej. Ich bin mit Punkt 69 fertig. Das holen wir im Rahmen der Terminvorgabe wieder ein. Ich habe mich in den letzten zwei Monaten zu sehr ablenken lassen und habe mich mit anderen Objekten als den zu Beobachtenden in unserem Zielgebiet beschäftigt."

„Mir ging es genauso Steve."

„Sergej, was hat dich denn abgelenkt? Du fragtest mich, als du mich in Santa Monica angerufen hast, ob ich in unserem Zielgebiet etwas Merkwürdiges gesehen hätte? Hat es damit zu tun?"

„Ja Steve, ich habe eines Abends von jetzt auf gleich einen Lichtpunkt erkannt, der mich so sehr in seinen Bann gezogen hat, dass ich diesen Lichtpunkt sehr intensiv und lange berechnet habe."

„Ich habe diesen Lichtpunkt auch wahrgenommen und auch ich habe mich damit beschäftigt Sergej.

Ich kam zu der Erkenntnis, dass es sich um einen interstellaren Asteroiden handeln muss, der auf Kurs zu unserem Sterne System ist."

„Steve, all das kann ich dir auch als meine Beobachtung bestätigen und darüber hinaus habe ich berechnet, dass der Asteroid auf Kollisionskurs mit unserer Erde ist und am 23. November um 2:18 MSK aufprallen wird."

„Oh Sergej, meine Berechnungen kommen zu dem Ergebnis 22. November 15:18 PST. Ich habe mir so sehr gewünscht, dass ich mich verrechnet hätte. Aber du bestätigst mir nun exakt das gleiche Ergebnis. 11 Stunden Unterschied, das ist genau der Zeitunterschied zwischen St. Petersburg und Los Angeles."

„Ja Steve, auch ich habe mir so sehr gewünscht, dass ich einen Fehler in der Rechenformel hätte. Aber nun habe auch ich von dir noch einmal die Bestätigung. Aufprall: 23. November 02:18 MSK. Ist das nicht schlimm Steve?"

„Sergej, das ist furchtbar, aber trotzdem bin ich nun zuerst einmal froh, dass ich mit dir jemanden habe, mit dem ich darüber sprechen kann. Sag, wer außer mir weiß von deiner Entdeckung."

„Steve, um Gottes willen, ich hoffe auch, du hast die Kenntnis über den Asteroiden mit niemandem geteilt. Stell dir vor, das wird öffentlich. Das führt weltweit zu Anarchie von einem zum anderen Moment."

„Das waren und sind exakt auch meine Gedanken Sergej, aber wir müssen doch etwas unternehmen. Wir können doch nicht einfach so tun, als hätten wir diese Entdeckung nie gemacht und gemeinsam darauf warten bis es am 22. November in drei Jahren um kurz nach drei laut knallt?"

„Natürlich hast du recht Steve, aber was sollen wir den machen? In meiner Verzweiflung habe ich mich mit einem kryptischen Brief, an den Kreml gewannt. Wenn ich etwas zu sagen hätte, dann soll ich mich deutlicher ausdrücken haben sie mir zurückgeschrieben. Noch nicht einmal verhaftet haben sie mich, dann hätte ich mein Anliegen wenigstens zu Protokoll bringen können."

„Tröstlich, dass es dir bei eurem Präsidenten genauso erging wie mir als ich um Audienz im Weißen Haus ersucht habe."

„Interessant Steve. Wir arbeiten nicht nur an dem gleichen Projekt, machen nicht nur gleiche Entdeckungen, wir scheinen auch im gleichen Takt zu ticken. Aber es hilft uns nicht so richtig weiter ... ...du Steve, da kommt mir nun eine Idee, was hältst du davon"? ...

die beiden Männer telefonierten noch länger als eine Stunde und sie schmiedetet einen Plan, bevor sie ihr Telefonat beendeten.

„Ja, Sergej, genau so machen wir das, hoffentlich bringt uns das weiter in der Sache?"

„Steve, ich bin so froh, jemanden zu haben, mit dem ich über die Sache nun reden kann. Das ist so hilfreich. Und dass was wir besprochen haben, das wird schon klappen. Ich glaube fest daran.

Vielen Dank für deinen Anruf. Wir bleiben in Kontakt. Gute Nacht."

„Gute Nacht Sergej, auch dir vielen Dank, bis bald."

Ω

Im Oval Office im White House saß die amerikanische Präsidentin mit zwei Leuten aus ihrer Administration zusammen. Zu dritt erstellte man eine Einladungsliste für ein Ende Januar stattfindenden Empfang. Nun schon zum dritten Mal nach ihrer Amtseinführung richtete die Präsidentin einen Neujahrsempfang der besonderen Art aus. Das Besondere daran war, dass die Präsidentin keine aktuellen Staatsrepräsentanten einlud, sondern Persönlichkeiten, deren Zeit und Macht schon seit längerem vergangen war.

„Wenn wir einhundert Plätze haben, dann können wir ruhig 125 Einladungen verschicken. Erfahrungsgemäß sagen mindestens 20–25 ihr Kommen ab."

„Ja, im letzten Jahr waren es exakt 23 Absagen. Nur Donald die Locke sagt nie ab. Gekommen ist er aber auch noch nie. Soll ich ihm trotzdem auch in diesem Jahr wieder eine Einladung schicken Mrs. Präsident."

„Aber natürlich bekommt Donald wieder eine Einladung, alleine mir sein Gesicht vorzustellen, wenn er die Einladung seiner Präsidentin mit Puerto Ricanischem Migration Hintergrund erhält, das amüsiert mich köstlich. Sagen Sie, was ist denn eigentlich mit der Deutschen, mit dieser Angela?"

„Angela hat sich nach ihrem Sturz in Sankt Angelo wieder sehr gut erholt. Sie ist nun wieder ohne Rollstuhl und ohne Rollator unterwegs, nur einen Stock benutzt sie hin und wieder."

„Und vor allem ihren Professor muss sie mitbringen, der ist immer ein Brüller. Wie ist eigentlich dieser Unfall passiert?"

„Man weiß es nicht genau, offensichtlich wollte Angela schon früh am Morgen in die Aphrodite Apollon Therme gehen und ist wohl über einen Stein gestolpert. Sie hatte Glück, dass das Küchenpersonal vom Hotel Casa Rosa Frühstücksdienst hatte und sie bewusstlos gefunden hat. Aber wie gesagt, es geht der alten Dame wieder sehr gut. Und sie wird sich über die Einladung bestimmt wieder freuen."

„Und was ist mit dem alten Franzosen?"

‚Sie meinen Macron?' ‚Ja, dieser Emmanuel Macron, was ist mit dem?'

„Auch Macron hat sich komplett aus der Politik zurückgezogen und lebt jetzt mit einer 35 Jahre jüngeren Frau in der Provence nördlich von Nizza. Nachdem er das Model nun geheiratet hat und die Sache offiziell ist, wird er bestimmt kommen, wenn er eine Einladung bekommt."

„Harry und Meghan laden Sie bitte auch wieder ein. Als der im letzten Jahr nach dem Nachtisch mit Flaschendrehen angefangen hat, da ging die Party so richtig gut ab."

„Ich kann mich erinnern. Nachdem die Sieben Kinder aus dem Haus sind, lassen die zwei wirklich immer wieder einmal eine Sau fliegen. Herrlich die Zwei."

„Und der Wladimirowitsch, haben sie von dem auch eine Adresse?"

„Ja, irgendwo in Süd Sibirien lebt er jetzt in seinem Abenteuerland. Angeblich wäscht er sich zur Morgentoilette in einem eiskalten Gebirgsbach und reitet anschließend halb nackt über seine Ländereien, bevor er sich mit blanken Händen Fische für sein Mittagessen fängt."

„Respekt der alte Russe und setzen sie ihn neben Angela, die zwei sprechen die gleichen Sprachen."

„Wo ist eigentlich der kleine Dicke nach der Wiedervereinigung von Nord und Süd Korea zu finden?"

„Jong-Un lebt seitdem in Monte Carlo, hat dort ganz schön abgespeckt, er jagt jungen Frauen nach und fährt leidenschaftlich gerne Speed-Boot-Rennen. Oder cruised im offenen Ferrari über den Grand Prix Course in Monaco."

„Haben Bill und Hillary schon zugesagt?"

„Ja haben sie. Bill benötigt jedoch eine rundum Betreuung von seiner Altenpflegerin. Ich habe mir deswegen erlaubt, auch Frau Lewinsky auf die Einladungsliste zu setzen."

„Entschuldigung, wenn ich störe Mrs. Präsident, aber mit der Morgenpost kam ein Brief mit dem Vermerk: Zu Händen Mrs. Präsident der Vereinigten Staaten von Amerika und persönlich und streng vertraulich. Wir haben den Brief sicherheitstechnisch untersucht, der ist clean."

„Bob, dann hält sie ja nichts davon ab, den Brief aufzureißen!"

Robert Smith, der persönliche Assistent der Präsidentin, nahm daraufhin einen Brieföffner, schlitzte diesen auf und reichte den nun geöffneten Umschlag an seine Präsidentin, die laut las:

»Dear Mrs. Präsident,

mein Name ist Steve Hernandez, ich bin Doktor der Physik und forsche für ein amerikanisches Unternehmen in den chilenischen Bergen. Mir ist aus sehr sicheren wissenschaftlichen Kreisen zu Ohren gekommen, dass der Präsident von Russland, Kenntnis darüber erhalten hat, dass in den weiten des Universums ein Asteroid entdeckt wurde der sich auf Kollisionskurs …« Hier verstummte die Präsidentin und lass stumm im Geiste für sich alleine weiter …»mit der Erde befindet. Aufprall des Asteroiden, der größer ist, als derjenige der einst die Dinosaurier auslöschte, ist berechnet für den 22. November um 15:18 PST, in drei Jahren und zwei Wochen dem zu Folge. Und so weiter …«

„Bob, stellen sie mir bitte eine Verbindung zum russischen Präsidenten her! Ich muss augenblicklich mit dem russischen Präsidenten sprechen."

Im Kreml betrat in etwa zur gleichen Zeit ein Mitarbeiter der Administration des russischen Präsidenten das Präsidentenbüro.

„Entschuldigen sie, dass ich sie beim Nachmittagstee störe. Es wurde soeben ein Brief abgegeben mit dem Hinweis persönlich, streng vertraulich, zu Händen des Präsidenten. Wir haben den Brief sicherheitstechnisch überprüft. Diesbezüglich ist alles in Ordnung."

„Ludmilla, dann geben sie schon und stören sie nicht länger, vielen Dank."

Der Präsident öffnete den Brief mit einem Teelöffel, warf den Umschlag auf den Couchtisch und las:

»Sehr geehrter Herr Präsident,

mein Name ist Sergej Ustinow, ich bin Doktor der Physik und forsche für ein russisches Unternehmen in Sankt Petersburg. Mir ist aus sehr sicheren wissenschaftlichen Kreisen zu Ohren gekommen, dass die Präsidentin der Vereinigten Staaten von Amerika, Kenntnis darüber erhalten hat, dass in den weiten des Universums ein Asteroid entdeckt wurde, der sich auf Kollisionskurs mit der Erde befindet. Aufprall des Asteroiden, der größer ist, als derjenige der einst die Dinosaurier auslöschte, ist berechnet für den 23. November um 02:18 MSK, in drei Jahren und zwei Wochen dem zu Folge. Und so weiter …«

„Ludmilla, wo verdammt noch einmal sind sie, wenn man sie braucht? Verbinden sie mich augenblicklich mit der Präsidentin in Washington!"

„Frau Präsidentin, hier am Telefon der russische Präsident, aber nicht wir haben ihn angerufen, sondern er hat unsere Nummer gewählt."

„Danke Bob, lassen sie mich bitte alleine."

„Privet Walek, hier spricht Celina. Was ist so wichtig, dass du mich anrufst?"

„Privet Celina, ich habe einen merkwürdigen Brief bekommen, mit Hinweisen darauf, dass du interessante Kenntnisse über einen bedrohlichen Asteroiden hast."

„Ein gleichlautender Brief wurde mir heute zugestellt nur mit dem Hinweis, dass du Kenntnisse über einen bedrohlichen Asteroiden besitzen würdest. Ich wollte dich anrufen, aber du bist mir um Sekunden zuvorgekommen."

„Da versucht uns doch jemand gegeneinander auszuspielen, glaubst du, dass der Inhalt der Briefe seriös ist. Kennst du den Absender deines Briefes?"

„Ein Amerikaner namens Dr. Steve Hernandez gibt sich als Absender meines Briefes aus."

„Mein Absender ist ein Russe, ein Dr. Sergej Ustinow. Mein Vorschlag ist folgender: kein Wort über den Inhalt des Briefes zum jetzigen Zeitpunkt gegenüber niemandem. Unsere jeweiligen Dienste sollen sich um die zwei Herrn Doktoren kümmern und wir sollten uns so schnell wie möglich an einem neutralen Ort gemeinsam mit unseren Chiefs von NASA und ROSKOSMOS treffen."

„OK Walek, so machen wir das, wir bleiben in Kontakt. Schlage einen neutralen Platz vor."

„Ich denke an die Schweiz, ich lasse das vorbereiten, wenn es dir recht ist Celina?"

„Schweiz, da kann ich zustimmen. Danke do svidaniya."

„See you, Celina."

Ω

Seitdem Steve mit Sergej jemanden hatte, mit dem er über seine bedrohliche Entdeckung reden konnte, seitdem ging es ihm psychisch wieder viel besser. Genau so erging es Sergej. Zwar beschäftigten sich die beiden Wissenschaftler noch immer täglich ca. eine Stunde mit ihrer Entdeckung, aber man fand auch zurück zur notwendigen Konzentration, um das Forschungsprojekt voranzutreiben. Der Verzug gegenüber dem Projektplan hatten beide bereits wieder aufgeholt und man freute sich nun Mitte Dezember auf den Weihnachtsurlaub. Steve plante, vom 20. Dezember bis zum 6. Januar nach Santa Monica zu fliegen, um Weihnachten und den Jahreswechsel mit Linda und den Kindern zu verbringen. Sergej plante, zu einem Freund in der Hohen Tatra zu reisen. Eine Familie hatte Sergej nicht mehr. Seine Geschwister hatten mit ihm gebrochen, als er sich von seiner Frau Galina Ustinowa getrennt hatte und seitdem sehr viel Zeit mit seinem slowenischen Freund verbringt. Vor noch einiger Zeit hätte Sergej dieser Umstand auch mindestens den Job gekostet. Aber Russland wurde in den letzten Jahren liberaler und öffnete sich dem westlichen Live-Style.

Steves Nachtschicht ging nun zu Ende. Sonnenaufgang wird um ca. 06:30 Uhr sein. Aber selbst hier oben in den Bergen spürte man die Milde der Sommernacht. Es war so gegen 05:30 Uhr, als Steve hinaus auf den Parkplatz trat. Er gesellte sich zu einer Gruppe Frauen und Männer, die auf den Zutritt in das Observatorium warteten und die meisten nutzen

die Wartezeit für ein letztes Zigarettchen vor Schichtbeginn. Das waren die Momente, in denen Steve sich
selbst die Frage stellte, warum er eigentlich mit dem
Rauchen vor mehr als zwanzig Jahren aufgehört hat.
Er atmete in diesen Momenten durch die Nase und
genoss das Aroma des Zigarettendampfes. Als die
Gruppe dann zur Frühschicht im Observatorium verschwand, war die Luft wieder rein und so frisch. Sodass Steve sich wieder erinnern konnte, dass es doch
angenehm ist, nicht vom blauen Dunst abhängig zu
sein. Steve warf seine Jacke auf den Beifahrersitz,
startete den Jeep Willys und als er den hell erleuchte-
ten Parkplatz verließ, merkte er, wie dunkel die
Nacht noch war. Immerhin war es noch fast eine
Stunde bis Sonnenaufgang. Vor den Serpentinen
löschte Steve für kurze Zeit das Fernlicht, um sicher
zu sein, dass ihm kein Auto entgegenkam. Um diese
Zeit war er in der Regel auf dem Weg hinunter in das
Camp jedoch ganz alleine. Aber als er nun um die
nächste Kehre, herum war, da sah er im Rückspiegel
einen Geländewagen. Der muss an einer Ausbuch-
tung unmittelbar hinter der Kehre ohne Licht gewartet haben und auch jetzt war der Wagen hinter ihm
völlig unbeleuchtet. Vor der nächsten Kehre machte
Steve wieder das Fernlicht kurz aus und fuhr die
nächste Serpentine. Unmittelbar nach der Kehre wurden dann für Steve völlig unerwartet ca. 150 Meter
vor ihm rechts und links der Straße Flutlichter er-
leuchtet. Dazwischen erkannte er noch eine Straßensperre, bevor ihn ein Spot so stark blendete, dass ihm

gar nichts anderes übrig blieb als den Willys zu stoppen. Steve wollte die Hand vor die Augen heben, um sich vor dem blendenden Spot zu schützen. Bevor er jedoch die Hände vor die Augen bekam, hatten ihm zwei Männer die Arme auf den Rücken gedreht und gefesselt. Noch bevor Steve irgendetwas von dieser irrealen Situation erfassen konnte, hatte man ihm eine Augenbinde angelegt, was insofern angenehm war, als ihn der Spot nicht mehr blenden konnte. Offensichtlich haben die zwei Männer, die Steve gefangen nahmen, ihn nun dem Anführer der Aktion vorgestellt. Auf jeden Fall sprach ein Mann mit angenehmer und sehr ruhiger Stimme zu Steve.

„Herr Dr. Hernandez, machen sie sich keine Sorgen, es wird ihnen nichts passieren. Wir sind Amerikaner und handeln im Auftrag der Präsidentin. Wir wissen nicht, was sie verbrochen haben, aber es ist uns aufgetragen, ihnen kein Haar zu krümmen. Ich hoffe nun auch in meinem Interesse, dass sie kooperieren und meine Leute und mich davon abhalten grob zu ihnen sein zu müssen. Wir fahren nun zunächst auf eine Air Base nahe La Serena, von dort fliegen wir sie in die USA, bevor wir weitere Instruktionen bekommen. Darf ich mit ihrer Kooperation rechnen?"

„Ja natürlich. Sie können sich meiner Kooperation sicher sein. Können sie mir sagen, ob meine Frau über mein Schicksal informiert wird?"

„Darum wird sich bestimmt jemand kümmern, das ist aber kein Auftrag an uns. Achtung, Kopf etwas herunternehmen, wir steigen in ein Fahrzeug ein. Rutschen Sie weiter in die Mitte."

Es dauerte nun in etwa eine Stunde, bis man an der Air Base angekommen war. Vom Kraftfahrzeug mit der unbequemen Sitzbank ging es direkt in ein Flugzeug der US Air Force. Das Flugzeug war gefühlt wie ein normales Passagierflugzeug ausgestattet. „Wir lösen ihnen jetzt die Fesseln an den Händen und befreien sie von der Augenbinde. Wenn sie nicht kooperieren, dann werde ich sie wieder fixieren lassen. Haben Sie das verstanden?" „Ja, das habe ich verstanden. Sie können sich auf mich verlassen. Ich verhalte mich so wie sie es von mir erwarten."

Es war angenehm, als die Kabelbinder an den Händen mit Seitenschneidern gelöst worden waren. Als man Steve dann die Augenbinden herunterzog, konnte er erkennen, dass das Flugzeug mit 10 x sechs Stuhlreihen ausgestattet war, dann kam eine Wand mit einer Tür. Vielleicht in einen Frachtraum oder wer weiß wohin. Die Fenster waren alle abgedeckt und im Abteil mit den 60 Plätzen waren sieben Männer. Alle mit Sturmhauben maskiert.

„Herr Dr. Hernandez möchten sie einen Kaffee oder ein Wasser?" „Oh ja, danke. Bitte in dieser Reihenfolge."

„Na, wenigstens haben sie ihren Humor nicht verloren.

Jason, würdest du unserem Gast einen Kaffee und ein Wasser bringen." „Ja gerne, Wasser mit oder ohne Kohlensäure?"

Ω

Zu dem Zeitpunkt als Steve an der Straßensperre aufgehalten wurde, war es in Sankt Petersburg kurz nach 13:00 Uhr. Sergej schlief tief in seiner abgedunkelten Wohnung. Wie üblich um die Mittagszeit, wenn er in der Nacht davor Schicht hatte, als er von einem lauten Knall aus dem Schlaf gerissen wurde. Bevor er realisieren konnte, woher der Knall kam, standen fünf Polizisten einer Spezialeinheit in seinem Schlafzimmer. Alle maskiert mit Sturmhauben und vier von ihnen hatten ein automatisches Maschinengewehr im Anschlag. Wohl der Trupp-Führer trug eine Pistole im Halfter, so, dass er sie jederzeit ziehen konnte.

„Sind sie Dr. Ustinow?"

„Ja, der bin ich. Was zum Teufel veranlasst sie hier einzudringen."

„Nicht der Teufel, der Präsident hat uns beauftragt sie zu holen, aber haben sie keine Angst, es wird ihnen nichts geschehen. Unser Auftrag lautet, dass wir sie unversehrt an einen neutralen Ort in Europa begleiten sollen, wo wir weitere Order bekommen. Ziehen Sie sich nun etwas an und packen sie sich eine

Reisetasche, so als würden sie ein paar Tage verreisen."

„Ich muss zur Toilette und möchte mich duschen, bevor wir gehen. Ist da möglich."

„Kein Problem, aber ich muss sie bitten, dass sie die Tür zum Badezimmer offenlassen damit meine Leute sie nicht aus den Augen verlieren."

Auf dem Weg zum Badezimmer sah Sergej, was die Truppe mit seiner Wohnungstür angestellt hatte. Neben der Tür an der Wand lehnte unschuldig aussehend der Rammbock, der diese Zerstörung angerichtet hatte.

„Können sie sich nicht wenigstens umdrehen, wenn sie mich so anschauen, dann kann ich nicht scheißen, verdammt."

„Entschuldigen sie bitte!"

Nachdem Sergej geduscht, sich angezogen und ein paar Sachen in seine Reisetasche gepackt hatte, gingen die Polizisten mit ihm die Treppe vom zweiten Stock hinunter auf die Straße, wo vier zivile Limousinen warteten. Der Gruppenführer und vier weitere Polizisten waren neben zwei Piloten und einer Ordonnanz die einzigen, die mit Sergej in der Tupolev vom Flughafen in Sankt Petersburg abhoben. Bevor die Maschine nach etwa 5 Stunden den Sinkflug begann, wurde Sergej eine Augenbinde angelegt. Man begleitete Ihn die Gangway hinunter, wo eine Limousine wartete und Sergej wurde an einen für ihn nicht zu erkennenden Ort gefahren. Die Fahrt vom Flughafen dauerte in etwa eine Stunde und führte offensichtlich über sehr enge und kleine Straßen. Am Ziel angekommen ging Sergej nur wenige Schritte vom Auto zu einem Gebäude. Auf diesem kurzen Weg verspürte Sergej eisige Kälte. Das Gebäude, das sie dann betraten, war jedoch gut beheizt, man wartete einen kurzen Moment. Sergej hörte, wie sich eine Tür öffnete und dann spürte er, wie es in einem Aufzug abwärts ging. Man führte ihn in ein Zimmer. Dort wurde Sergej von der Augenbinde befreit. Er befand sich in einem sehr luxuriös ausgestattetem Raum. Ähnlich einem Zimmer in einem fünf Sterne Hotel. Was jedoch auffiel, das Zimmer hatte kein Fenster. Nur eine Videoanimation, welche die Illusion erzeugte, als würde, man auf eine gebirgige Landschaft blicken.

Ω

Die Air Force Boeing, mit der man Steve von La Serena in die USA flog, landete nach ca. acht Stunden in Houston Texas. Steve durfte den Flieger nicht verlassen, während dieser für den Weiterflug präpariert wurde. Man reichte ihm eine warme Mahlzeit und es kam ein Herren Ausstatter in das Flugzeug, dieser vermaß Steve und kleidete ihn in modernstes casual Outfit. Alles, inklusive eines üppig gefüllten Hygienebeutels wurde Steve in einer großen Reisetasche ausgehändigt. Die Truppe, die Steve am Morgen in Chile gestoppt hatte, wurde gegen fünf frische Personen ausgetauscht. Allesamt sahen die Männer wie gut durchtrainierte Türsteher aus. Waren aber im Gegensatz zu den Typen heute Vormittag, nicht maskiert und trugen zivile Klamotten. Einer der fünf, offensichtlich der Gruppenführer sprach Steve an: „Herr Doktor Hernandez, wir sind beauftragt sie in ein neutrales europäisches Land zu begleiten, wo man sich ihrer annehmen wird. Wir sind nicht darüber informiert, was man ihnen zu Last legt. Jedoch sind wir angehalten, ihnen kein Haar zu krümmen. Im Gegenteil, unser Auftrag ist es, darauf aufzupassen, dass ihnen nicht zustößt."

„Ich wollte am 20.12 zu meiner Familie in den Weihnachtsurlaub fliegen. Glauben Sie, dass ich Weihnachten mit meiner Familie verbringen kann?"

„Tut mir leid Herr Dr. Hernandez, das weiß ich nicht. Aber bis Weihnachten ist ja noch zwei Wochen hin!"

Nach ca. 2 Stunden Aufenthalt in Houston startete die Air Force Boeing in Richtung Osten. Mobiltelefon und Apple Watch hatten sie Steve schon in Chile weggenommen und er hatte die Orientierung für Zeit komplett verloren. Immer wieder konnte Steve jedoch einen Blick auf die Breitling eines der Bodyguard werfen. Es muss wohl nach etwa acht Stunden gewesen sein, als dieser zu Steve kam und ihn darauf hinwies, dass man sich im Sinkflug befinden würde und man ihm nun eine Augenbinde anlegen müsse.

„Wenn sie mir versprechen keinen Versuch zu unternehmen, sich von der Augenbinde zu befreien, dann verzichte ich darauf, ihre Hände zu fixieren."

„Sie können sich auf mich verlassen, ich werde strikt ihren Anweisungen folgen." Nachdem die Maschine zu stehen gekommen war, öffnete jemand die Flugzeugtür und man spürte wie frische und sehr kalte Luft in das Innere des Flugzeuges drang. Einer von Steves Aufpasser begleitete ihn die Treppe des Fliegers hinunter. Nach nur wenigen Schritten durch die kalte Luft, die über dem Flugplatz lag, sagte der Body Guard.

„Achtung, nun kommt wieder eine Stufe. Zwei, drei Schritte, dann müssen sie den Kopf senken, wenn wir in den Helikopter steigen."

Offensichtlich sind alle fünf Aufpasser mit in den Hubschrauber gestiegen, der abhob um nach wirklich kurzem Flug, vielleicht waren es 10 Minuten, wieder zu landen. Der Weg vom Helikopter in das Gebäude war wenige Schritte lang. Und das war gut so, denn es war bitterkalt, wo auch immer man war. Steve hatte sich gerade an die Milde des südamerikanischen Sommers gewöhnt und nun diese Eiseskälte.

Aber wie gesagt, es waren nur wenige Schritte vom Helikopter in das warme Gebäude. Die Gruppe wartete einen Moment und dann nahm Steve das Geräusch einer Fahrstuhltür wahr. Und dann ging es gefühlt ewig in die Tiefe. Steves Gedanken glaubten, dass der Helikopter auf einem sehr hohen Gebäude gelandet sein muss. Wie viele Stockwerke es jedoch in die Tiefe ging, das konnte Steve nicht nachvollziehen. Als man ihm dann die Augenbinde abnahm erkannte Steve ein sehr luxuriöses Hotelzimmer. Fünf Sterne mindestens. Die offene Badezimmertür offenbarte Steve auch großen Luxus im Sanitär Bereich. Der Aufpasser sagte zu Steve:

„Hier werden sie nun ihre Zeit verbringen, bis ich oder einer meiner Leute sie abholt. Es wird hier auch offizielle Meetings geben. Zu diesen Anlässen finden sie in den Schränken hier Business Anzüge und Hemden in ihrer Größe. Ich sage ihnen zu den jeweiligen Terminen ob casual oder business. Ich hoffe die Auswahl an Büchern und Filmen entspricht ihrem Geschmack, sie haben auch Zugang zu einem geradezu globalen Fernsehprogramm. Was nicht funktioniert sind Telefon und Internet. Über die Wechselsprechanlage können sie sich jederzeit etwas zu Essen oder sonstigen Room Service bestellen. Eine Speise- und Getränkekarte liegt auf dem Schreibtisch. Ach und lassen sie sich nicht täuschen, der Blick aus dem Fenster ist eine Illusion. Sie können frei wählen, ob sie in das Gebirge, auf das Meer oder eine Skyline blicken möchten. Ansonsten ist für heute Feierabend, wir haben 20:00 Uhr Ortszeit und für den Rest des Tages und der Nacht müssen sie keine Störungen befürchten. Wann und ob morgen etwas passiert, kann ich ihnen noch nicht sagen. Ich hoffe, ihnen nach dem Frühstück eventuell näheres sagen zu können. Gute Nacht."

Nun war Steve alleine. Er nahm die Fernbedienung des TV und tatsächlich konnte er wohl Sender aus fast der ganzen Welt empfangen. Nach wenigen Schwitches jedoch landete er bei Fox11 Los Angeles News. Für ein Nachrichtensender war es jedoch ein langweiliger Tag. Aber die wichtigste Information lieferte Steve die Studio-Uhr. Es liefen die 11 Uhr Morgennachrichten. Der Aufpasser sagte, es wäre 20:00 Uhr Ortszeit. „Also mussten wir in Mittel Europa sein. Zeitzone CET", waren Steves Überlegungen.

„Viele neutrale Staaten gibt es hier sicherlich nicht", reimte er sich zusammen.

Dann ging er zum Schreibtisch, um sich etwas beim Room Service zu bestellen.

„Nach 20 Uhr ist es hier, soll ich mir einen Mittagstisch oder Abendbrot bestellen?" Sinnierte Steve.

„Am besten etwas wonach ich in zwei, drei Stunden einschlafen kann, um den Jetlag erst gar nicht aufkommen zu lassen", waren nächste Überlegungen. Er drückte eine Taste auf der Gegensprechanlage und im nächsten Moment hörte er eine Stimme. „Was darf ich für sie tun Herr Dr. Hernandez?"

„Als Erstes sagen sie vielleicht Steve zu mir, um das hier nicht allzu förmlich zu gestalten." „Gerne Steve, dann dürfen sie mich Sarah nennen, wenn sie erlauben werde ich ihren Wunsch meinen Kollegen mitteilen."

„Tun sie das. Ich hätte gerne diesen Burger, den sie mit Filet Hackfleisch anbieten. Dazu hätte ich gerne Country Potatos und zwei Budweiser."

„Gerne Steve. Budweiser finden sie in ihrem Kühlschrank, der befindet sich hinter der linken Tür in der Schrankwand."

„OK vielen Dank, wie lange dauert es mit dem Essen?"

„Ca. 15 Minuten, Steve."

Nach weniger als 15 Minuten klopfte es an die Tür. Steve öffnete diese und sah die Rücken von zwei Body Guard und dazwischen einen spindeldürren ca. 1,75 m großen Asiaten.

„Mistel Steve, ich bin Luedi und blinge ihnen wie bestellt den Bulger, ich stelle ihnen das Tablett auf den Tisch, ist ihnen das lecht? Haben Sie das Budweisel Biel gefunden?"

„Ja, sehr nett von ihnen Ruedi, das Bier habe ich gefunden, vielen Dank."

Als der Room Service gegangen war, schaute Steve noch einmal durch den Türspion. Was er sah, waren die zwei breiten Rücken von den Bodyguards.

„Hier bin ich sicher", überlegte Steve.

„Heraus komme ich hier aber mit Sicherheit auch nicht",

war Steves weitere Überlegung.

„Aber wenigstens sitze ich im goldenen Käfig, das hätte durchaus schlimmer kommen können", ging es Steve beim Essen des Burgers durch den Kopf.

Ω

In Chile im Camp unterhalb des Observatoriums hat man von alledem nichts mitbekommen. Bei Mateo Rodriguez im Camp Saloon gab es Bohneneintopf mit Fleischeinlage und wenn dieser von Mateo's Koch zubereitet wurde, war der Duft, der sich über die Dunst-Abzugsanlage der Küche im Camp verbreitete, Reklame genug, um die Esser dafür anzulocken. Im Saloon selbst hielt sich ein komischer Kauz auf, der sich seit ein paar Tagen hier im Camp tummelte und bei einem der britischen Wissenschaftler in der Baracke übernachtete. Harvey Ellis hieß der Typ, er war Engländer und arbeitete als freier Journalist hauptsächlich für die London Times. Für die Zeitung war Harvey quasi als Weltenbummler unterwegs. Auf kein Thema spezialisiert könnten seine Beiträge in der London Times eigentlich unter der Rubrik 'Merkwürdiges aus aller Welt' erscheinen. Da diese Rubrik jedoch nicht vorgesehen war, erschienen Harvey's Artikel unter der Überschrift Global News. Nachdem Harvey's letzte Reportage aus der slowenischen Hohen Tatra über die Tatra Gämse berichtet hatte, bekam er nun eine Akkreditierung, um über das Camp der Astrophysiker in Chile zu berichten. Natürlich hatte Harvey ein gutes Gespür dafür, wo sich der Mittelpunkt, welchen Ortes auch immer, befand. Es war aber auch nicht schwer, Mateos Kneipe, als zentralen Punkt des Wissenschaftlercamps ausfindig zu machen. In Mateos Kneipe verbrachte er nun mehr oder weniger seinen Tag und sprach Matteo's Gäste an und führte Interviews mit ihnen oder ging den Leuten einfach nur auf die Nerven.

Es war am frühen Nachmittag, als zwei Leute vom Objektschutz des Observatoriums zu Mateo Rodriguez in die Kneipe kamen. Die Jungs vom Objektschutz waren auch für die Zugangssysteme im Observatorium zuständig. Darüber hinaus hatten sie so etwas wie eine Polizei Vollmacht für die wissenschaftlichen Gebäude und die dazugehörige Umgebung inklusive Camp. Die Zwei, die nun zu Mateo kamen, waren keine Unbekannten. Vincente Vega und Emilio Santana arbeiteten schon viele Jahre hier und lebten mit ihren Familien im Camp der Wissenschaftler.

„Hallo Mateo!"

„Hallo Vincente, Hallo Emilio, hat euch der Duft des Bohneneintopfes angelockt?"

„Es ist in der Tat ein sehr verführerischer Duft, den deine Küche im Camp verbreitet Mateo", sagte Emilio und fuhr fort: „Das ist aber nicht der Hauptgrund für unser Kommen. Sag einmal Mateo, hast du heute Steve Hernandez schon einmal gesehen?"

„Nein, Emilio. Steve war, glaube ich das letzte Mal vor zwei Tagen hier zum Essen. Er erzählte, dass er über Weihnachten nach Santa Monica zu Linda und seinen Kindern reisen wollte. Aber erst am 20.12. Warum fragst du nach ihm?"

„Die Zugangskontrolle hat Alarm gegeben, dass Steve in der letzten geplanten Schicht nicht im Observatorium war. Das ist nicht seine Art, normal sagt er Bescheid, wenn er nur eine halbe Stunde später kommt. Wir fahren dann einmal rüber zu seiner Baracke und schauen nach, ob er dort ist."

Harvey hat dies alles Mitbekommen und einiges in seinem Notizbuch notiert. Er sprang vom Barhocker auf, rief: „Mateo, ich komme später meine Zeche bezahlen."

Er rannte aus dem Saloon, schwang sich auf sein Quad und folgte den beiden Ordnungshütern zu Steves Baracke.

Während Vincente und Emilio die Hütte untersuchten, stand Harvey an sein Quad gelehnt auf der gegenüberliegenden Straßenseite.

Die Rollläden der Hütte waren nicht heruntergelassen und man konnte gut in jeden Raum der Unterkunft hineinschauen. Es war aufgeräumt und ersichtlich, dass niemand in der Hütte war. Das Bett war glatt gezogen und auf dem Sofa in der Wohnküche waren die Kissen akkurat aufgereiht. Emilio ging nun um den Container herum, während Vincente über die Straße in Richtung Harvey lief.

„Hey sie ... ja sie am Quad. Sie sind mir schon bei Mateo aufgefallen, was machen sie hier. Können sie sich ausweisen."

Harvey kramte in seiner Umhängetasche nach seinen Ausweispapieren und stellte sich vor:

„Mein Name ist Harvey Ellis und ich bin Journalist für die London Times. Ich habe eine Akkreditierung für das Camp und die Umgebung des Observatoriums."

„Was zum Teufel kann man über dieses Camp schreiben was einen Leser der London Times interessiert?"

„Zum Beispiel über das Schicksal von Dr. Steve Hernandez könnte man eine Reportage machen."

„Was wissen sie über das Schicksal von Steve, verdammt?"

„Bis jetzt nur das was sie erzählt haben."

„Vincente, der Jeep ist auch nicht hier, wahrscheinlich ist Steve einfach ein paar Tage von hier weggefahren. Vielleicht fuhr er in die Stadt, um Weihnachtsgeschenke zu besorgen." All das rief Emilio über die Straße herüber zu Vincente und Harvey.

„Welchen Jeep hat Steve?"

„Einen knallroten Willys. Aber hören sie auf, mich mit Fragen zu löchern, die Sache hier geht sie gar nichts an. Setzen Sie bloß keinen Nonsens in die Welt.

Steve wird schon wieder auftauchen und nun ziehen sie sich zurück und verschwinden sie."

„Ich habe eine Akkreditierung."

„Stecken sie sich ihre Akkreditierung sonst wo hin und verschwinden sie."

Harvey verstaute seine Papiere wieder in der Umhängetasche, schwang sich auf das Quad und fuhr zurück zu Mateos Saloon. Er setzte sich dort wieder an die Theke und quatschte jeden, der in die Kneipe kam an, um ihn oder sie über Steve auszuquetschen. Die Kundschaft von Mateo war gegenüber Harvey sehr redselig. Wahrscheinlich deswegen, weil sie endlich einmal andere Frage gestellt bekamen. Nicht nur nach dem Wetter oder ob der Eintopf heute zu scharf oder zu fad gewürzt ist. Harvey sammelte Information über Information.

Dr. Steve Hernandez

Santa Monica großes Grundstück, geerbt, unverkäuflich.

Verheiratet mit Linda. Kinder Jerome und Christine.

Langweiliges Projekt.

Jeep Willys

Weihnachtsurlaub geplant vom 20.12. - 06.01.

Telefonnummer … …

Harvey wusste innerhalb eines Tages mehr über Steve als manche Bewohner im Camp oder Mitarbeiter im Observatorium. Und Harvey begann an Steve Interesse zu finden und er beschloss für sich herausfinden zu wollen, warum und wohin Steve verschwunden ist. Er packte seine Siebensachen in seinen Seesack, band diesen auf das Quad und verließ das Camp in Richtung La Serena. Über die Route 41 benötigte Harvey in etwas eine und eine halbe Stunde, bis er die ersten Häuser erreichte. Gleich rechts war der Autohändler und Vermieter von Harvey's Quad. Er bog rechts in den Hof und stellte das Quad direkt vor die Bude, in der das Büro untergebracht war. Neben der Bude fiel ihm ein knallroter Jeep Willys auf.

„Hallo, ich habe meine Pläne geändert und möchte das Quad bereits heute schon wieder abgeben."

„Kein Problem, ist der Tank voll?"

„Nein, sie müssen mir eine Tankfüllung in Rechnung stellen. Ich zahle mit American Express, ist das OK."

„Ist OK."

„Sagen sie, der Jeep da draußen, gehört der ihnen."

„Nein, gehört mir nicht, keine Ahnung, wem der gehört, hat vor ein paar Tagen, als ich morgens um neun auf mein Grundstück wollte die Einfahrt blockiert. Der Schlüssel hat gesteckt und ich habe die Karre dann neben die Bürobude gestellt. Ich dachte zunächst, der Typ wäre vielleicht schnell rüber in den Truck Stopp gegangen, um einen Kaffee zu trinken, aber nichts. Jetzt steht das Ding hier, bin einmal gespannt, ob der Besitzer noch mal auftaucht."

„Machen die da drüben im Truck Stopp ein gutes Frühstück?"

„Weiß nicht. Vor einigen Monaten ist da ein neuer Besitzer eingezogen, habe mich aber seitdem noch nicht vorgestellt in dem Laden."

„Na, dann. Kaffee werden, die wohl kochen können."

Harvey ging über die Straße hinüber in den Truck Stopp. Er setzte sich ans Fenster. Er bestellte ’Bacon and eggs’ und einen großen Pott Kaffee. Als ihm die Bedienung den Kaffee brachte, fragte er, wann der Laden denn morgens öffnet.

„Dieser Laden öffnet nicht. Der schließt auch nicht. Wir haben rund um die Uhr sieben Tage in der Woche geöffnet." War die Antwort der Rothaarigen, der man nicht ansah, ob es ein Mann oder eine Frau ist.

„Und du bist die Frühschicht?"

„Nee, meine Schicht ist von 10 bis 18 Uhr. Die Schicht von 2 bis 10 die macht Susi. Warum fragst du?"

„Mich interessiert, ob eventuell jemand gesehen hat, wer da drüber über der Straße den knallroten Jeep abgestellt hat."

„Susi ist noch in der Küche. Suuusiiiiii, kannste mal rauskommen, da hat einer ne Frage für dich."

Susi kam aus der Küche und fragte die Rothaarige:

„Was ist los Maxi?", das half Harvey jedoch auch nicht weiter in der Frage, ob die Rote ein Mann oder eine Frau war. Klar schien es aber zu sein, dass Susi ein Kerl ist.

„Der Kauz da drüben am Fenster hat eine Frage, hier nimm ihm die Eier mit Speck gleich mit, sei so gut."

„Hier ihre Eier mit Speck, Sir. Maxi sagt, sie hätten eine Frage."

„Du hättest hier Frühschicht sagte dein Kollege."

„Meine Kollegin, aber egal, warum interessiert dich, ob ich Frühschicht habe?"

„Mich interessiert, ob jemand gesehen hat, wann und vom wem da drüben der knallrote Jeep abgestellt wurde?"

„Das kann ich dir genau sagen: Vor vier Tagen am 8.12. war das. Das ist mein Geburtstag, deshalb weiß ich das so genau. Ich stand so gegen sieben auf der Veranda und habe eine geraucht. Da kam eine Kolonne mit Militärfahrzeugen. Drei große gepanzerte Wagen und hinten dran fuhr der knallrote Jeep. Hat schon lustig ausgesehen. Die Kolonne hat dann da drüben angehalten, der Fahrer des Jeeps hat das Auto dann direkt vor der Einfahrt des Autohändlers abgestellt und ist in einen der Militärfahrzeuge gestiegen."

„Der Fahrer des Jeeps, war der in Zivil?"

„Hör mal, die Information ist dir wohl wichtig?"

„Ja warum?"

„Sag mal, bist du wirklich so blöd, wie du aussiehst?"

„Hier sind zwanzig Dollar, war der Fahrer in zivil?" … … … „Hier hast du noch mal zwanzig Dollar, war der Fahrer in zivil?"

„Nein, der trug Uniform, nachdem er in eines der Kolonnen Fahrzeuge gestiegen war, sind die dann Richtung Air Base gefahren."

„Richtung Air Base?"

„Ja, Richtung Air Base, wenn du aus dem Fenster schaust, dann siehst du dort vorne den Anfang des Flughafengeländes. Unmittelbar davor geht ein Weg rechts ab, der führt zur US Air Base?"

Harvey aß die Cholesterin Bombe und bestellte sich noch einen Pott Kaffee. Dann rief er Mateo Rodriguez in der Camp-Kneipe beim Observatorium an.

„Hey Mateo, hier spricht Harvey, weißt du wer?"

„Natürlich weiß ich welcher Harvey, hat man dich einmal gesehen, dann vergisst man das nicht mehr, was willst du?"

„Ich glaube, ich habe den Jeep gefunden."

„Welchen Jeep verdammt."

„Na den Jeep von Steve Hernandez." „Und warum erzählst du das ausgerechnet mir?"

„Weil ich nur deine Telefonnummer habe. Ich kann Emilio oder Vincente nicht erreichen. Würdest du einem von den Beiden mitteilen, dass mit hoher Wahrscheinlichkeit der Jeep von Steve am Ortseingang von La Serena bei einem Autohändler gleich recht hinter dem Ortsschild steht. Immer der Route 41 folgen und dann auf der rechten Seite nach dem Ortsschild. Gegenüber ist ein Truck Stopp."

„OK Harvey, ich sage Emilio Bescheid. Wartest du dort?"

„Nein ich muss weiter!"

Mateo informierte Emilio über Harvey's Anruf. Der Ordnungsdienst vom Observatorium war natürlich dafür nicht in der Verantwortung. Emilio informierte die Polizei in La Serena und von dort bekam er auch bald darauf die Bestätigung, dass es sich tatsächlich um Steves Jeep handelte. Von Steve gab es jedoch keine Spur.

Ω

Steve verbrachte nun schon den dritten Tag in seinem goldenen Käfig. Zwar kam One, so nannte er einen seiner Aufpasser, die er mangels Namen durchnummeriert hatte, mehrmals täglich und gab Steve einen Status, wie der Tag verlaufen wird, aber außer Langeweile war noch nichts terminiert. Doch dann kam Bewegung in die Sache. One informierte darüber, dass für 18:00 Uhr ein Meeting anberaumt sei. „Casual dress code, ich hole sie um 17:45 Uhr", waren seine ergänzenden Worte, bevor er Steve wieder alleine ließ. Zwar wusste Steve nicht was ihn um 18:00 Uhr erwarten würde, aber alleine die Tatsache, aus diesem Zimmer einmal herauszukommen, alleine das erfreute Steve. Vielleicht durfte er dabei sogar einmal frische Luft schnappen. Steve hatte in seinem goldenen Käfig allen Luxus, aber schon nach so wenigen Tagen, waren es die Kleinigkeiten, die man im Alltag gar nicht mehr wahrnimmt, die Steve fehlten.

Eine Brise frische kühle Luft, ein Sonnenstrahl, einen Blick zum vollen Mond, ein Vogel, ein Schmetterling, ein Gänseblümchen.

Kurz vor sechs klopfte One an Steves Zimmertür.

„Herr Dr. Hernandez, sind sie fertig?"

Steve öffnete die Tür und folgte One vorbei an Three und Five, die vor seiner Tür Wache standen. Am Ende des Flurs war ein Zimmer, vor dem zwei russisch uniformierte Soldaten standen. Steve nahm das zur Kenntnis, dachte sich jedoch nichts dabei. Mit dem Aufzug ging es eine Etage höher, wo One an die Tür eines Sitzungszimmers klopfte und um Eintritt bat. Steve betrat das Sitzungszimmer. Sein Aufpasser One musste vor der Tür warten. Im Sitzungszimmer waren vier Leute. In der mit Jeans und Schlapper-Shirt gekleideten Frau erkannte Steve die Präsidentin der Vereinigten Staaten von Amerika. In feiner Cord-hose und weißem Hemd gekleidet erkannte Steve den Präsidenten von Russland. Die zwei anderen Herren trugen Generals Uniform und Anzug. Die Präsidentin ging auf Steve zu, reichte ihm die Hand und sagte:

„Sie sind also Dr. Steve Hernandez, schön sie persönlich kennenzulernen. Darf ich Ihnen den Präsidenten der Republik Russland vorstellen! Dieser wird begleitet vom Leiter von ROSKOSMOS General Wladimir Popow und das ist der Leiter der NASA, Robert Bob Smith. Nehmen Sie Platz Dr. Hernandez. Möchten sie einen Kaffee? Dann schenken sie sich bitte ein."

Die Präsidentin und der Präsident saßen nun Steve gegenüber und an den Kopfseiten des Tisches die Leiter der Raumfahrtbehörden. Die Präsidentin begann Steve fragen zu stellen.

„Herr Dr. Hernandez, warum haben sie mir diesen Brief geschrieben, in dem sie darauf hinwiesen, dass mein Amtskollege in Russland Informationen über einen zerstörerischen Asteroiden hätte. Warum haben sie mir diese Information nicht persönlich zukommen lassen?"

„Mrs. Präsident, ich hatte ihnen zunächst einen Brief zukommen lassen, indem ich zugegebener Maßen, sehr kryptisch um eine Audienz bei ihnen bat, um sie persönlich über meine Beobachtungen zu informieren. Leider wurde mir mein Anliegen von ihrer Administration abgelehnt. In diesem Brief, der nicht an sie persönlich gerichtet war, wollte ich jedoch nicht zu deutlich werden. Ich hatte ganz einfach Angst, dass die Informationen über diesen Asteroiden öffentlich werden und eine weltweite Anarchie auslösen würden."

„Das war sehr verantwortungsvoll von ihnen Herr Dr. Hernandez, aber warum haben sie ihr Geheimnis mit diesem russischen Physiker geteilt, der wohl einen gleichlautenden Brief an meinen Amtskollegen geschickt hat."

„Dr. Sergej Ustinow arbeitet als Back-up und zur Bestätigung an exakt dem gleichen Forschungsauftrag wie ich. Er in Sankt Petersburg und ich in Chile. Da wir im gleichen Zielgebiet das Universum erforschen, fiel uns auch unabhängig voneinander der Asteroid auf. Nach zunächst vorsichtigen Andeutungen haben wir dann feststellen müssen, dass wir beide diesen interstellaren Asteroiden erkannt haben und dass unsere Berechnungen die exakt gleiche Aufprallzeit auf der Erde zeigten. Auch Sergej hatte Angst, diese Information öffentlich zu machen und wand sich an seinen Präsidenten im Kreml. Aber auch seine Audienz Anfrage wurde abgelehnt. Dann kamen wir irgendwann auf den Plan, diese jeweils persönlichen Briefe an sie und ihren russischen Amtskollegen zu schreiben."

„Ein Plan, der in seiner Durchführung ja gut funktioniert hat, Herr Dr. Hernandez."

Erwiderte die Präsidentin, bevor sie Fragen zu der Asteroiden Entdeckung stellte.

„Dr. Hernandez, dieser Asteroid, wie sicher ist das denn, dass dieser einen Umfang von mehr als 28 km hat? Und dass dieser am 22. November um 15:18 PST in ca. drei Jahren auf der Erde einschlägt."

„Mrs. Präsident, ich habe meine Formeln zur Berechnung dieser Werte nun schon x-mal überprüft. Auch habe ich durch die Berechnungen von Dr. Sergej Ustinow eine unabhängige Bestätigung für die Richtigkeit der Berechnungen erfahren und ich muss davon ausgehen, dass die Berechnungen mit einer Sicherheit von mehr als 98 % als Ereignis eintreten werden."

Die Präsidentin fragte nun General Popow und Bob Smith:

„Sehen sie das genauso meine Herren?"

Die Antworten waren gleichlautend.

„Eigenen Berechnungen, die wir gerne durchführen lassen würden, nicht vorgreifen zu wollen, müssen wir den Aussagen von Herrn Dr. Hernandez zustimmen. Und ein Aufprall würde wie beschrieben zur Vernichtung allen Lebens führen. Abgesehen von

Lebewesen tief im Inneren der Erde, Gewürm, Insekten, Kleinstlebewesen, Bakterien etc."

Wieder wandte sich die Präsidentin an Steve.

„Herr Dr. Hernandez, vielen Dank soweit für ihre Ausführungen, haben sie noch Fragen?"

„Mrs. Präsident, wie lange muss ich noch hierbleiben? Gerne wäre ich zu Weihnachten bei meiner Familie gewesen."

„Sorry, diese Frage kann ich ihnen noch nicht beantworten. Sie selbst haben auf das immense Risiko hingewiesen, was passieren könnte, wenn die Informationen in die Öffentlichkeit gelangen würden."

Weitere Fragen hatte Steve nicht und er wurde aufgefordert das Sitzungszimmer wieder zu verlassen. Vor der Tür wartete One und führte Steve den Gang entlang hin zu den Aufzügen. Dort geschah wohl ein Fehler im Ablauf. Während Steve mit One an der einen Aufzugtür wartete, öffnete sich die Tür des danebenliegenden Aufzuges und die zwei russisch Uniformierten führten Sergej aus dem Aufzug heraus.

Steve und Sergej schauten sich an, jedoch bevor sie irgendetwas sagen konnten, öffnete sich die Aufzugtür, vor der Steve wartete und One schob Steve fast unsanft in den Aufzug hinein.

„Mein Kollege Sergej ist auch hier?"

„Vergessen sie das sofort wieder und sprechen sie mit keinem darüber, versprechen sie mir bitte mit keinem darüber zu sprechen." Bat One mit hochrotem Kopf.

Im Sitzungszimmer wiederholte sich nun das gleiche Szenario wie eben schon. Nur mit dem Unterschied, dass nicht die amerikanische Präsidentin, sondern der russische Präsident zu Sergej sprach. In Inhalt und Ergebnis jedoch absolut gleichlautend. Danach wurde auch Sergej wieder in sein Zimmer begleitet.

„Haben sie im Sitzungszimmer irgendeine Andeutung darüber gemacht, was sich da am Aufzug ereignet hat?"

„Nein!" War die knappe Antwort von Sergej.

„Dann behalten sie das bitte auch für sich", bat der uniformierte Russe, bevor Sergej auch in seinem Zimmer verschwand.

Ω

Harvey Ellis hatte Bauchschmerzen von dem riesigen Berg Eiern mit Speck und fragte Maxi nach dem Weg zur Toilette.

„Da vorne rechts und dann immer dem Geruch nach."

Harvey war nach dieser Wegbeschreibung positiv von der Sauberkeit der Sanitär Anlage überrascht. Als er die Hosen herunterzog, wäre ihm beinahe das

Mobiltelefon in die Keramik gefallen. Nun saß er da auf dem Thron, das Mobile in der Hand und war glücklich über die Erleichterung und das demzufolge nachlassende Bauchweh.

„Sollte dieser Steve Hernandez nur auf Shopping Tour sein, dann wird er sich wohl am Telefon melden, wenn ich ihn anrufe."

Diesen Gedanken hatte Harvey kaum fertig gedacht als er die Mobile Nummer von Steve, die er von einem der geschwätzigen Wissenschaftler bekommen hatte, wählte.

„Diese Telefonnummer ist vorübergehend nicht erreichbar."

Mehr konnte Harvey nicht erfahren. Ein klares Indiz dafür, dass das Telefon ausgeschaltet, wenn nicht sogar stillgelegt ist.

Auf Shopping Tour ist dieser Dr. Steve Hernandez nicht, war sich Harvey sicher, als er die erste Lage Toilettenpapier faltete.

Er wusch sich die Hände, zahlte bei Maxi sein Frühstück, mietete sich ein Zimmer für eine Nacht und ging über die Straße zurück in die Bude zu dem Autohändler.

„Ich habe es mir noch einmal überlegt, ich würde das Quad doch noch für einen Tag länger mieten."

‚Kein Problem, hier ist der Schüssel, deine Daten habe ich ja noch.'

„Vielen Dank", sagte Harvey, als er die Bude wieder verließ.

„Der Tank ist übrigens wieder voll", rief ihm der Autohändler hinterher.

Harvey startete das Quad, fuhr rechts auf die Route 41 und am Anfang des Flugplatzgeländes gleich wieder rechts den Schildern US Air Base folgend. Die Straße endete am Schlagbaum des Wachlokals. Einen befestigten Weg um das Gelände herum gab es nur innerhalb des Zaunes, der von sogenanntem NATO-Draht gekrönt war. Außerhalb des Zaunes war das Gelände zum Teil kniehoch mit Gestrüpp bewachsen. Vorteilhaft war jedoch, dass es seit Wochen nicht mehr geregnet hatte. So machte sich Harvey auf den Weg durch diese Pampa, um das Gelände von außerhalb des Zaunes zu erkunden. Als er die US Air Base fast zur Hälfte umrundet hatte, kam ihm ein gepanzerter Geländewagen entgegen. Vier Mann stiegen aus dem Fahrzeug und einer der Vier forderte Harvey auf, die Hände hinter den Kopf zu nehmen. Während zwei andere ihre Maschinenpistolen im Anschlag hielten, begann ein weiterer Harvey nach Waffen zu checken. Nachdem der das Schweizer Messer von Harvey an sich genommen hatte, bat er Harvey, sich auszuweisen.

„Harvey Constantin Charles Louis Ellis heißen sie?"

„Ja, Harvey Ellis."

„Journalist sind sie? Sie haben eine Akkreditierung für das Camp am Observatorium? Für was?"

„Ich möchte für die London Times einen Report über die Wissenschaftler dort in Camp verfassen."

„Und was suchen sie hier an der US Air Base?"

„Ach das ist eine US Air Base? Das ist die Frage, die ich mir zu beantworten suchte."

„Was ein Quatsch, sehen sie zu, dass sie Land gewinnen. Sie latschen jetzt schön und schnell immer am Zaun entlang und sehen zu, dass sie das Weite suchen. Ist das klar?"

„Jawohl, Sir!"

Harvey stiefelte nun schnelleren Schrittes los, nach ein paar Metern hielt er inne und rief Richtung den Soldaten, die den Geländewagen wieder bestiegen hatten.

„Was ist mit meinem Schweizer Messer? Darf ich das bitte wieder haben?"

Der Geländewagen fuhr bis zu Harvey. Einer der Soldaten reichte ihm das Messer, noch mal mit dem Hinweis, dass er nun hinmachen solle. Harvey lief schnell bis zur Ecke des Zaunes und musste nun noch die gesamte Längsseite hinunterlaufen. Der Geländewagen rückte bis zu dieser Ecke nach, sodass sie Harvey unter Kontrolle hatten und beobachten konnten wie sich Harvey durch das dichter werdende Unkraut in Richtung Haupteingang der Air Base bewegte. Auf seinem Quad sitzend schaute Harvey noch einmal zurück und sah wie sich der Geländewagen in seine Richtung bewegte. Harvey gab Gas und fuhr zurück auf die Route 41 um sich am Flughafen für den nächsten Tag einen Flug nach Santiago zu buchen. Von dort würde ihm die Welt wieder offen stehen. Jedoch stand für Harvey das nächste Ziel schon fest. Er wollte nach Los Angeles fliegen, um nach seiner dortigen Ankunft Linda Hernandez aufzusuchen. Was er von ihr letztendlich wirklich wollte, das wusste er jedoch noch nicht.

Harvey kam ziemlich müde in Los Angeles an. Der Flughafen war fast erdrückend weihnachtlich geschmückt. Überall blinkte und leuchtete es. Rentier-Schlitten hingen an der Decke, überall Santa Claus, ho, ho, ho, tönte es scheppernd aus den kostümierten Robotern. Engelchen flogen durch die Hallen, beziehungsweise als solche verkleidete Drohnen. Harvey musste sich an dieses Tohuwabohu nach einem Jahr Hohe Tatra und einigen Wochen in der Abgeschiedenheit der chilenischen Berge zuerst einmal gewöhnen. Zumal sich das was er hier im Flughafen bereits nur schwer ertragen konnte, über die ganze Stadt ausgebreitet zu haben schien. Überall in Los Angeles, bunte Lichter, Glocken, Engel, Santa Claus. Er rief ein Taxi zum Hotel und es kam ein autonom fahrendes Mobil in Form und Gestalt eines Rentier-Schlittens. In diesem Gefährt sitzend wurde Harvey nun in sein Hotel transportiert. Als er die Hotelhalle betrat, schon wieder ho, ho, ho, darf ich ihnen ihr Gepäck abnehmen? Fragte ein Santa Claus. Ob sich unter dem Kostüm ein Mensch oder ein Roboter befand, das blieb im Verborgenen. Harvey beschloss jedoch, bis nach den Feiertagen hier in L.A. zu bleiben, und er buchte ein Zimmer bis in die erste Januarwoche hinein. Dort in seinem Appartement ließ er zunächst die Christmas Deco entfernen, dann machte Harvey Inventur in seinem Seesack, nach mehr als einem Jahr, indem er fast ausschließlich in der Wildnis lebte, fand sich dort nichts zum Anziehen, was geeignet gewesen wäre, in einem der Clubs hier aufzuschlagen. Harvey ging deswegen los, um sich etwas Ziviles zum Anziehen zu kaufen. Nun gut, die Geschmäcker sind verschieden. Harvey kaufte sich einen strahlend blauen Anzug, für darunter ein knallgelbes Hemd, knallgelbe Socken und schwarze Lackschuhe. OK, es gab vielleicht sogar Typen, die darin gut ausgesehen hätten. Harvey war jedoch höchstens 168 cm groß und wog so um die 95 kg. Sein äußeres Erscheinungsbild, war eine Mischung aus Dirk Bach, Pumuckl und Dieter Hallervorden. Sein kupferrotes fast schulterlanges Haar stand störrisch in alle Richtungen um seinen Kopf herum ab. Die schlimme Akne seiner Pubertät hatte tiefe Narben hinterlassen. Und zu allem Überdruss trug Harvey eine kreisrunde Hornbrille mit Gläsern, die so dick waren, dass man glauben konnte diese seinen schusssicher. Und wie gesagt, dazu nun dieser stahlblaue Anzug kombiniert mit einem knallgelben Hemd. In diesem Outfit bat Harvey dann am Abend nach seiner Ankunft um Einlass in die Bar 'Crazy Pelikan'. Das Crazy Pelikan, war ein recht angesagter Laden, der viele verrückte Typen anlockte, Harvey fiel da in seinem Outfit nicht sonderlich auf. Typen aus allen Schichten der Gesellschaft und aus Typen aller Couleur rekrutierte das Crazy Pelikan seine Gäste. Die Majorität hatten aber Menschen mit homophilen Neigungen. Auch Harvey fühlte sich eigentlich zu Männern eher hingezogen. Wenn er aber in den Clubs sah, wie die Kerle eng umschlungen in den Sitzecken lümmelten und sich abknutschten, dann kamen ihm Zweifel an seiner Neigung, sich dort hingezogen zu fühlen. Auf der anderen Seite war Harvey aber auch noch immer traumatisiert davon, als sich anlässlich seines 18. Geburtstages die 103 kg schwere Schwester eines Freundes nur in einem String-Tanga begleitet, auf ihn warf und einen riesigen Knutschfleck an seinen Hals saugte. Dieses Erlebnis kommt ihm immer dann in den Kopf, wenn sich ihm eine Frau zärtlich nähern möchte. Die Kombination der Abneigung gegen knutschende Männer und am Hals saugender Schnuckelchen ist sicherlich der Grund dafür, dass Harvey sich trotz seiner bereits 38 Jahren noch immer Jungfrau nennen durfte. Menschenscheu war Harvey deswegen jedoch überhaupt nicht und er hatte von der sexuellen Nähe zu dem einen oder anderen Geschlecht einmal abgesehen, überhaupt keine Berührungsängste. Er setzte sich im Crazy Pelikan an die Bar und beobachtete das wahrlich skurrile Publikum ohne zu merken, dass auch er viele erstaunte Blicke auf sich zog.

„Na du kleiner Paradiesvogel, darf ich dir etwas zu trinken bringen?"

Harvey drehte sich in Richtung der Stimme und erkannte ihm gegenüber ein Wesen, das bestimmt 2 m groß war, grell geschminkt, Glatze, ein Shirt, das tief ausgeschnitten zwei kleine feste Brüste offenbarte, eine hautenge silberne Hose, die ein gut bestücktes männliches Geschlechtsteil nicht wirklich verbarg und mindestens zwölf Zentimeter hohe High Heels auf der die Erscheinung stöckelte.

„Einen Gin Tonic hätte ich gerne mit viel Eis"

„Gordons Rosa oder Gin Mare mein Süßer."

„Old Toms on the Rocks, Tonic Water und mit einer Scheibe Zitrone bitte."

„Gern mein kleiner Fire Head, ich heiße übrigens Gucci und du mein kleiner Fire Head?"

„Harvey Ellis, Harvey!"

Gucci servierte den Gin Tonic, bat jedoch um prompte Bezahlung. Harvey hielt seine

i-Watch auf Gucci's Cash Taker den sie oder er ebenfalls am Handgelenk trug. Jedes Mal, wenn sich Harvey zur Bar drehte, um an seinem Gin zu trinken, fiel ihm auf, dass Gucci wohl ununterbrochen auf Harvey starte. Als Harvey dann die letzte Neige Gin durch das Glasröhrchen gegurgelt hatte, kam Gucci wieder zu ihm gestöckelt.

„Darf ich dir noch einen Drink machen, Harvey?"

„Ja bitte, ich nehme noch einen Old Toms."

„Du Harvey, ich habe dich schon irgendwo einmal gesehen, du kommst mir sehr bekannt vor."

„Ich war vor vier Jahren bereits einmal für einige Monate in L.A. und habe in dieser Zeit auch oft hier im Crazy Pelikan herumgegangen. Damals war das jedoch noch ein ganz anderer Laden, mit völlig anderem Publikum."

„Ich kam erst vor ca. eineinhalb Jahren aus der Ukraine hierher, aber ich habe dich schon irgendwo einmal gesehen. Da bin ich mir sicher", sagte Gucci.

Als Gucci den dritten Gin für Harvey servierte, hatte es ein iPad dabei.

„Ich weiß nun woher ich dich kenne", sagte Gucci und zeigte Harvey ein Bild aus der London Times, das mit der Reportage 'Tatra Gämsen' veröffentlicht wurde. Auf dem Bild war Harvey zusammen mit einem der Tatra Ranger abgebildet, der ihn, während seiner Reportage begleitet hatte. Es handelte sich um Jonka Novak. Harvey konnte sich sehr gut an Jonka erinnern. Jonka hatte eine wunderschöne Hütte in der Hohen Tatra und Harvey hat mehr als sechs Monate bei Jonka gewohnt um von dort die Wanderungen zu den Gämsen zu unternehmen.

„Hey Gucci, hätte ich nicht gedacht, dass du eine Vorliebe für Gämsen hast."

„Die Gämsen interessieren mich ehrlich gesagt überhaupt nicht Harvey, dass du Journalist bist und dass du Kontakt zu Jonka Novak hattest, das interessiert mich."

„Und was interessiert dich daran?"

„Das sage ich dir gerne Harvey, aber hier im Crazy Pelikan ist dafür nicht der geeignete Ort. Darf ich dich morgen in deinem Hotel besuchen, wo bist du abgestiegen?"

sichtlich erschrocken sagte Harvey: „In meinem Hotel, in meinem Hotelzimmer"

„Quatsch!" Sagte Gucci. Wir treffen uns in der Lobby oder im Restaurant des Hotels, hier bei dem Lärm kann man sich doch nicht unterhalten.

„Ich wohne im Holiday Inn Express am Airport Boulevard."

„Dann treffen wir uns morgen Nachmittag gegen fünf in der Bar, ist das OK für dich?"

„Das ist OK, bis dann." Sagte Harvey, mittlerweile neugierig darauf, was Gucci denn von ihm wollte.

Es war der 21.12, drei Tage vor Weihnachten. Harvey hatte die Nacht gut verdaut und saß bereits um 16:00 Uhr in der Bar im Holiday Inn, bestellte sich einen Kaffee und aß einen Donut, quasi zum Frühstück. Um 16:50 Uhr betrat dann ein ziemlich schlanker Mann, mit Glatze, gekleidet in Jeans, weißes T-

Shirt, Lederjacke und Cowboy Boots die Bar im Holiday Inn. Er schaute sich um und ging direkt auf Harvey zu.

„Hey Harvey, schön dich zu treffen."

„Woher kennen sie meinen Namen?"

„Den hast du mir doch gestern Abend im Crazy Pelikan selbst gesagt, ich bin Gucci, erkennst du mich nicht?"

„Sorry, darauf wäre ich so schnell nicht gekommen, aber jetzt, wo du es sagst. Sag, was interessiert dich denn so an diesem Artikel über die Gämsen und mir?"

Gucci begann zu erzählen, dass er bis vor etwas mehr als einem Jahr in der Ukraine gewohnt hat, die meiste Zeit in Kiew. Und, dass er lange Jahre mit Jonka Novak ein Verhältnis pflegte.

»Das ist dort gar nicht so einfach, deswegen richtete sich Jonka in der Abgeschiedenheit der Hohen Tatra diese Hütte ein und wurde Ranger dort. Jonka und ich, wir sind als Freunde auseinandergegangen und wir stehen nach wie vor in sehr engem Kontakt. Ich lebe nun mein verrücktes Nachtleben als Gucci hier in Los Angeles und Jonka hat einen neuen Freund gefunden. Ne komische Sache. Der Typ war einst mit einer Frau verheiratet, bevor er seinen Neigungen endgültig nachgab. Jedoch treffen sich Jonka und sein neuer Freund sehr unregelmäßig, zumal

Jonka wie gesagt als Ranger in der Hohen Tatra arbeitet sein Freund jedoch in Sankt Petersburg.« „Was macht der Freund dort in Sankt Petersburg?", fragte Harvey.

„Der ist Physiker und arbeitet dort am Observatorium, aber das ist eigentlich nicht das, was ich dir mitteilen wollte."

„Und was wolltest du mir mitteilen?"

„Dieser Physiker, Dr. Sergej Ustinow, also Sergej, der hat nun ein Verhältnis mit Jonka und die zwei wollten Weihnachten in der Hütte im Nationalpark Hohe Tatra verbringen."

Harvey fiel Gucci ins Wort.

„Na und, was ist daran jetzt so wichtig, dass du mir das mitteilen musst?"

Sergej wollte am 15. Dezember bei Jonka sein, ist aber nie bei ihm angekommen. Im Observatorium ist Sergej nicht zu erreichen, sein Mobile Telefon ist stumm und in seiner Wohnung ist er auch nicht. Und was Jonka über die Nachbarn von Sergej in Erfahrung gebracht hat, ist, dass man wohl seine Wohnungstür gewaltsam geöffnet hat. Ganz bestimmt haben sie ihn geholt und verschleppt.

„Und warum sollte man ihn holen und verschleppen?", fragte Harvey.

„Na, weil er schwul ist", sagte Gucci fast ungehalten.

„Diese Russen geben sich zunehmend weltoffen, aber insgeheim sind die noch immer eingestellt wie im letzten Jahrhundert. Glaube mir, die haben Sergej geholt, weil er schwul ist, glaube mir."

„OK, die haben Sergej also geholt, weil er schwul ist, und was erwartest du nun von mir Gucci?"

„Hey Harvey, du bist Journalist, du musst das an die große Glocke hängen, du musst das in der London Times veröffentlichen, dass die Russen schwule Männer verschleppen, eliminieren in Lager sperren, sie quälen und Gehirnwäschen unterziehen."

„Gucci, nun beruhige dich bitte, dass was du da sagst, das ist doch in keiner Weise belegt. Ich kann doch nicht die London Times bitten, das die eine Überschrift drucken, die lautet:

++ Russen, verschleppen und quälen schwule Mitbürger ++

Kannst du dir vorstellen, welche politischen Konsequenzen das haben kann?"

„Du willst mir, Jonka und Sergej also nicht helfen?"

„So will ich das nicht sagen, die Sache ist an sich nicht uninteressant, aber das muss man recherchieren. Ich werde bis zu der ersten Januarwoche hier in

L.A. bleiben. Danach habe ich noch keinen Plan. Wenn Sergej bis dahin nicht auftaucht, dann könnte ich mich der Sache in der Tat annehmen."

„OK Harvey, verbleiben wir so. Wir müssen das öffentlich machen und du musst uns dabei helfen. Sehen wir uns im Crazy Pelikan?"

„Heute nicht, aber Morgen oder übermorgen bin ich bestimmt dort. Lass uns die Telefonnummern austauschen."

Als Gucci das Holiday Inn Express verließ, da war es schon fast 19:30 Uhr. Harvey ging über die Straße zu Kentucky Fried Chicken, um zu Abend zu essen.

Noch keine drei Monate waren es, dass Harvey nun in Amerika war, in Süd Amerika und ein paar Tage in Nordamerika. In dieser kurzen Zeit verschwanden nun schon zwei Physiker. Der eine Fall interessierte ihn, seitdem er das Verschwinden von Steve Hernandez mitbekommen hatte. Der Andere ein Sergej Ustinow interessierte Harvey nun auch. Ist das schwul sein vom Sergej wirklich der Grund für sein verschwinden? Warum verschwand Steve in Chile? Schwul war und ist dieser mit Sicherheit nicht. Harvey versuchte intuitiv die beiden Schicksale, irgendwie zusammenzuführen, aber warum? Der eine lebt in Sankt Petersburg, der andere in Los Angeles und arbeitet in den Bergen bei La Serena in Chile. Was sollen diese beiden miteinander zu tun haben? Alles Quatsch, das kann überhaupt nicht zusammengehen.

Harvey, verzichtete auf einen nächtlichen Ausgang und beschloss, früh zu Bett zu gehen. An der Rezeption seines Hotels bestellte er sich für den nächsten Tag einen Mietwagen. Sein Plan war es am nächsten Tag, nur noch zwei Tage vor Weihnachten, Linda Hernandez aufzusuchen. Vielleicht wusste diese längst, wo sich ihr Mann aufhielt. Vielleicht war er sogar zu Hause, bei Linda und den Kindern.

Es war so gegen 10:00 Uhr, als Harvey sich nach dem Frühstück auf den Weg nach Santa Monica machte. Harvey fuhr vorbei an der Marina del Rey in Richtung Beach und hielt sich dann in Richtung Norden. Wunderbare Häuser standen hier. Alles sehr luxuriös. Dann ein roter Briefkasten der in einer Baulücke stand. Nr. 167 stand auf dem Kasten. Das war die Adresse, die sich Harvey notiert hatte. Und tatsächlich, als er seinen Ford neben dem Briefkasten parkte, sah er weiter in Richtung Gestade ein recht großes Holzhaus stehen. Blau angestrichen mit dunklem Dach. Die Fensterläden waren in Weiß gestrichen, aber wohl nur Attrappen, denn man sah an einigen Fenstern heruntergelassene Jalousien.

Harvey lief zum Haus, ging die Treppe zur Veranda hinauf und läutete an der außen angebrachten Schiffsglocke.

„Komm herein, ich bin in der Küche und habe die Finger voll mit Kuchenteig."

Harvey trat ein und sah gleich auf der rechten Seite des Flurs eine offene Tür, die ganz offensichtlich in eine Küche führte.

„Guten Tag!"

„Wer zum Teufel sind sie denn, wie kommen sie denn hier herein."

„Entschuldigung, aber sie sagten doch, dass ich eintreten soll."

„Sie doch nicht, meine Freundin Jenny sollte hereinkommen."

„Da war aber keine Jenny, ich habe geläutet."

„Und wer sind Sie bitte schön und was wollen sie?"

„Mein Name ist Harvey Ellis, ich bin Journalist und weilte für eine Reportage im Camp bei dem Observatorium in La Serena in Chile. Dort habe ich mitbekommen, dass man ihren Mann, Steve Hernandez vermisst. Und nachdem ich nun in L. A. den Jahreswechsel verbringe, wollte ich mich erkundigen ob Steve wieder aufgetaucht und zu Hause ist."

„Nein, Steve ist nicht aufgetaucht, aber Herr Ellis, sie sind der Erste, der mir sagt, dass man Steve im Camp vermisst hat. Ich versuche, seit fast zwei Wochen Kontakt zu ihm aufzunehmen. Im Observatorium sagen sie mir nur, dass man nicht wüsste, wo Steve sei. Das Mobil Telefon ist tot und in der Wohnbaracke erreiche ich Steve auch nicht. Was wissen sie Herr Ellis, können sie mir sagen, wo Steve ist, er wollte eigentlich vorgestern am 20.12 zum Weihnachtsurlaub nach Hause kommen. Ich habe Angst."

„Sehr viel weiß ich leider auch nicht, nur …"

„Nehmen sie doch bitte Platz, möchten sie einen Kaffee?"

„Ja gerne, aber sagen Sie bitte Harvey zu mir."

„Ich bin Linda, wie trinken sie ihren Kaffee?"

„Schwarz bitte mit ein wenig Zucker."

„Sage bitte Harvey, was kannst du mir über Steves Verschwinden sagen?"

„Wie gesagt, ich war im Camp nahe La Serena und wollte eine Reportage über die dortigen Wissenschaftler erstellen. Meistens hielt ich mich bei Matteo Rodriguez im Saloon auf. Auch als zwei Leute vom Objektschutz des Observatoriums sich nach Steve Hernandez erkundigten. Es war aufgefallen, dass Steve, obwohl er planmäßig Dienst gehabt hätte, nicht im Observatorium erschienen war. Ich bin den zweien, dann zu Steves Wohncontainer gefolgt. Dort stellten sie fest, dass der Container ordentlich verlassen wurde. Weiter ermittelten die Zwei, dass niemand zuhause war und dass Steves Jeep nicht da gewesen ist. Darauf hin, nahm man an, dass Steve eventuell in die Stadt gefahren wäre, um eventuell Weihnachtsgeschenke zu besorgen. Ich selbst bin tags darauf nach La Serena gefahren, wo ich bei einem Autohändler Steves knallroten Jeep gefunden habe. In einem Truck Stopp gegenüber sagte man mir, dass uniformierte amerikanische Soldaten den Jeep dort abgestellt hätten. Ich bin daraufhin zu einer nahen US Air Base gefahren und habe versucht etwas herauszufinden. Außer einem Platzverweis habe ich mir dort jedoch nichts eingefangen."

„Und wann war das?" Fragte Linda.

„Das muss am 12.12. gewesen sein, die letzte Schicht, die Steve anwesend war, das war wohl die vom 10. auf den 11."

„Ja am 10. Dezember habe ich zum letzten Mal mit Steve gesprochen. Wir sprachen darüber, dass er am 20. Dezember spät abends hier in Santa Monica sein wollte um mit den Kindern und mir Weihnachten und den Jahreswechsel zu verbringen."

„Ist dir bei diesem Gespräch irgendetwas aufgefallen?"

„Nein gar nichts, er war bei diesem Gespräch wie immer. Oder besser gesagt, er war wie früher."

„Wie meinst du das Linda?"

„Na ja, als er Ende September, Anfang Oktober für ein paar Wochen zuhause war. Da verhielt er sich anfänglich etwas abwesend und merkwürdig für einen Mann der vier Monate lang alleine in den chilenischen Bergen lebte. Ich fragte ihn sogar, ob es vielleicht eine andere Frau gibt."

„Linda ich verstehe dich gerade nicht, woran merkt man, dass sich ein Mann nach vier Monaten alleine in den chilenischen Bergen, merkwürdig verhält."

„Harvey, wie genau muss ich dir das jetzt erklären? Der hat fünf Tage gebraucht, bis er endlich mit mir ins Bett gegangen ist."

„Und das ist merkwürdig? Linda?"

Linda schüttelte den Kopf und ergänzte, „Steve war aber auch abwesend. Mit den Gedanken ganz woanders. Das wurde dann aber besser, nachdem Sergej angerufen hatte."

„Sergej?"

„Ja, Dr. Sergej Ustinow. Der arbeitet in Sankt Petersburg an exakt dem gleichen Projekt wie Steve in Chile. Die zwei sind sich quasi wissenschaftlich Back Upps und Bestätigung in den Ergebnissen."

„Linda, weißt du, dass Sergej Ustinow schwul ist?"

„Ich weiß, dass Sergej geschieden ist. Kennst du ihn? Warum soll der schwul sein?"

Harvey erzählte nun von seinem Besuch im Crazy Pelikan und davon, dass er dort von einem Typen namens Gucci angesprochen wurde.

„Und Linda, als der mich dann Tags darauf in meinem Hotel besucht hat, erzählte er mir, dass auch Sergej in Sankt Petersburg verschwunden ist. Gucci sieht das aber alleine dem Umstand Sergej's schwul seins geschuldet. Kannst du dir vielleicht einen anderen Grund vorstellen, ein Grund, der eventuell mit dem Forschungsprojekt im Zusammenhang steht."

„Ich bin selbst Doktor der Physik und kann recht gut einschätzen an was die zwei, Sergej und Steve arbeiten. Das ist ein so trockenes und langweiliges Thema, dass das kein Grund für das Verschwinden der Beiden sein könnte, das kann ich mir beim besten Willen nicht vorstellen. Aber, dass Steve schwul ist, auch das kann ich ehrlich gesagt nicht glauben."

„Aber irgendetwas muss es da als Grund doch geben? Ob die zwei Aliens entdeckt haben, die sie dann geholt haben?"

„Auch sehr unwahrscheinlich, aber wahrscheinlicher als das Steve schwul ist. Das kannst du mir glauben Harvey."

„Linda ich glaube wir kommen hier im Moment nicht weiter, wenn ich etwas höre, werde ich mich wieder melden. Bitte gib mir eine Info falls du etwas von Steve hören solltest."

„Ja, das mache ich Harvey. Vielen Dank, dass du mich aufgesucht hast, vielen Dank."

Harvey fuhr zurück in das Hotel, Heilig Abend verbrachte er im Crazy Pelikan und Silvester ebenfalls. Irgendetwas Neues erfuhr er in der Zeit weder von Sergej noch von Steve, obwohl er fast täglich mit Linda und Gucci telefonierte.

Linda blieb über die Feiertage und den Jahreswechsel zuhause mit den Kindern. Aber es ging ihr auch nicht mehr aus dem Kopf, dass Sergej schwul sein sollte. Auch dachte sie wieder oft daran wie merkwürdig und abweisend Steve bei seinem letzten Besuch zuhause war. Es steht keine Frau zwischen uns, hat er geschworen. Nach einem Mann hatte keiner gefragt. Gibt es vielleicht auch bei Steve eine versteckte und für Linda bislang verborgen gebliebene Neigung bei Steve? Zieht er sich vielleicht zu diesem Sergej hingezogen und die Zwei wollen den Jahreswechsel alleine in ihrem warmen Nest verbringen? Ist das der Grund für Steves verschwinden, das kann doch kein Zufall sein, dass zwei Wissenschaftler die eine langweilige astrophysikalische Sache untersuchen so mir nichts dir nichts einfach von der Bildfläche verschwinden.

Linda begann in ihrer Verzweiflung mit etwas, was sie noch nie zuvor, getan hatte. Sie versuchte das Passwort für Steves häuslichen Laptop und das Passwort für seinen Mail-Account, zu knacken. Schon Tage war sie damit beschäftigt bis sie -Linda-Maus#69- eintippte und auf dem Screen -welcome- aufleuchtete. Linda stöberte in Steves Mails, ackerte sich durch seine Ablage Files, schaute sich seine Bildarchive an, fand unter Favoriten: Verläufe seiner Suchmaschinen Aktivitäten. Alles völlig unverfänglich und schon gar keinen Hinweis darauf, dass Steve privaten Mail-Kontakt zu Sergej pflegen würde. Keinerlei Hinweise, die darauf schließen konnten, dass Steve irgendwelche homophile Neigungen haben könnte, nichts. Linda bekam zunehmend ein schlechtes Gewissen in Steves persönlichen Dingen herumzuschnüffeln. Doch dann stieß sie auf eine wirklich sehr gut versteckte Ablage und dort fand sie Informationen, die Linda elektrisierten.

Ω

Es waren nun schon einige Monate in das Land gegangen.

Was Steve am meisten quälte, war die Frage: Ob man Linda über sein Schicksal informiert hätte. Aber wenn ja! Was haben sie Linda gesagt? Welche Erklärung wäre denn am plausibelsten dafür, dass ein Familienvater kurz vor seinem Weihnachtsurlaub einfach verschwindet? Aber was, wenn sie Linda gar nicht informiert haben? Was wird sie denken? Sicherlich hat sie in diesem Fall versucht, Sergej zu erreichen? Was wird, sie unternehmen, wenn sie erfährt, dass auch Sergej einfach von der Bildfläche verschwunden ist? An die Öffentlichkeit ist sie zumindest nicht gegangen, das hätte Steve in den FoxNews LA mit Sicherheit mitbekommen. Fragen über Fragen. Gedanken über Gedanken. Aber trotzdem vergingen die Tage für Steve mittlerweile recht schnell. Die Zimmer in dem unterirdischen Hotel in den Schweizer Bergen waren fast alle ausgebucht. Mehr als 30 Wissenschaftler von NASA und ROS-KOSMOS waren mittlerweile im goldenen Käfig kaserniert. Wer hier ankam, der durfte auf unabsehbare Zeit hier erst einmal nicht mehr weg. Dass man die Nachricht über den Asteroiden nun schon fast neun Monate seid Entdeckung durch Steve und Sergej vor der Öffentlichkeit geheim halten konnte, das rechtfertigte die Maßnahme. Täglich saßen die Wissenschaftler in Arbeitssitzungen zusammen. Es bildeten sich drei Gruppen. Eine kleine Gruppe namens »Luna Village« beschäftigte sich damit, wie man den Ausbau einer Mondbasis beschleunigen konnte. Dieses Projekt startete vor mittlerweile 10 Jahre. Immer mehr Astronauten und Kosmonauten bauten die Mondbasis aus, um von dort in Richtung Mars aufzubrechen. Die weitestgehende Fertigstellung der Basis nun in den nächsten 12 Monaten zu bewerkstelligen war das Ziel. Und man arbeitete hier in der kleinen Gruppe daran, wie die Arbeitsgruppen in Houston und Archangelsk dynamisiert werden konnten, um die Ziele dort schneller zu erreichen. Die an diesen Projekten in Russland und Amerika arbeitenden Wissenschaftler wiederum, die wunderten sich, wo und warum auf einmal die ganzen finanziellen Mittel zur Verfügung gestellt wurden und warum man nun auf einmal diese Eile entwickelte. Die abenteuerlichsten Gerüchte kochten deswegen hoch.

Genauso war es in einer anderen kleinen Gruppe, das war die Gruppe »Mars Traveller«. Diese Leute waren damit beauftragt zum Mars zu fliegen, um dort eine mit Menschen besetzte Station auf einem anderen Planeten einzurichten. Auch hier machte man Druck und wollte nun unbedingt nach den nächsten zwölf Monaten eine bemannte Rakete starten. Und auch in dieses Projekt flossen auf einmal ungeahnte finanzielle Mittel und die Verwunderung darüber war immens. Zumal ein großer Teil der zur Verfügung gestellten Gelder nicht einmal die Genehmigungswege durch die Regierungsinstanzen nahm, sondern alles per Dekret von den Präsidenten angewiesen wurde. Erklärungen dafür gab es keine und der Unmut sowohl in Moskau, als auch in Washington wurde immer größer.

Aber die größte Gruppe im Schweizer Berg Hotel beschäftigte sich mit dem Asteroiden selbst. Immer wieder wurden seine Größe und sein Reiseweg berechnet. Die spannende Frage war, wie lenkt man einen Asteroiden dieser Größe von seiner Laufbahn ab. Auf einem Asteroiden zu landen, das war nicht das Problem. Das hat man schon viele Male zuvor bewerkstelligt. Die spannendere Frage war, wie groß eine Sprengladung oder ein Antriebsaggregat sein muss, um so einen Koloss von seiner Bahn abzubringen. Alles was man bislang auf einem Asteroiden gelandet hatte, das war wenige Kubikzentimeter klein. Feinste Messgeräte. Dass was man dort nun landen müsste, das war schon ein anderes Kaliber. Die gemeinsamen Sitzungen dauerten stets vier Stunden. Danach gab es Gruppen- oder Individualarbeiten zu erledigen. Aber da man sich mittlerweile im Hotel selbst frei bewegen konnte und nur die Zu- und Ausgänge bewacht waren, so war man eigentlich immer irgendwo gemeinsam mit Kollegen zusammen. Ob im Fitness Center, ob im Salon oder im Restaurant, immer war einer in der Nähe und das Gesprächsthema war eigentlich stets das Gleiche.

Nur wenn Steve mit Sergej eine ruhige Ecke im Salon fanden, dann wurden die Gespräche auch immer wieder etwas privater. In diesen Momenten mit Sergej, da sprach Steve auch über Linda und seine Sorge um die Familie. Dann äußerte er bedenken, vielleicht überhaupt nicht mehr nach Hause gehen zu dürfen, bevor der Asteroid aufschlagen wird. Sergej tröstete Steve dann meistens damit, dass es eigentlich nur eine Frage der Zeit sein wird, bis ein bislang nicht involvierter Wissenschaftler den Asteroiden ebenfalls entdecken wird. Ob das Thema dann wie im Moment geheim bleiben wird, das ist sehr unwahrscheinlich. Und wenn das Thema erst einmal öffentlich ist, dann müssen sie uns hier auch nicht mehr im goldenen Käfig eingesperrt halten. Steve pflichtete Sergej bei. Aber er stellte auch die rhetorische Frage:

„Ob das da draußen noch lebenswert ist, wenn diese Sache erst einmal öffentlich ist."

„Ja, das ist die Frage", bestätigte Sergej.

„Aber um Linda wiederzusehen, wirst du den goldenen Käfig wohl verlassen müssen mein Freund."

Ω

Harvey hatte es versäumt, rechtzeitig wie eigentlich geplant, Anfang Januar aus Los Angeles aufzubrechen. In der Konsequenz wurde sein Geld immer knapper. Nach mehreren down grade war er mittlerweile in einem ganz üblen Motel in der Nähe des Industriehafens gelandet. Die letzten beiden Mieten hatte ihm Gucci vorgelegt und nun war schon wieder die nächste Miete fällig. Auch das äußerliche Erscheinungsbild das Harvey mittlerweile abgab, das war wirklich bedauernswert. Mit nur noch 72 kg Körpergewicht steckte Harvey in seinem stahlblauen Anzug wie ein Einsiedlerkrebs in einem viel zu großen Schneckenhaus. Der Türsteher am Crazy Pelikan jedoch kannte kein Mitleid. Nach einiger Diskussion meinte dieser dann: „Harvey, ich kann dich in diesem Aufzug hier nicht hereinlassen. Gehe bitte hinten an den Kücheneingang, ich sage Gucci, dass du dort wartest."

Aber auch Gucci war nicht mehr gut auf Harvey zu sprechen. Dabei ging es weniger um ein paar Dollar, die er Harvey geliehen hatte. Gucci war sauer, dass Harvey das Verschwinden von Sergej nicht publizieren wollte.

„Was willst du denn schon wieder?", war Guccis Begrüßung.

„Gucci, du musst mir noch einmal helfen, ich muss morgen 60 $ Miete zahlen, sonst schmeißen die mich im Motel raus."

„So, ich muss dir also helfen? Und wer Bitteschön hilft mir in der Sache mit Jonka und Sergej. Was mit Sergej passiert, das interessiert dich nicht die Bohne."

„Aber wie stellst du dir das denn vor, meinst du wirklich, dass ich einfach in London anrufe und dann schreiben die bei der Times

--- Russen verschleppen und quälen schwulen Physiker ---

außerdem habe ich mich dort nun schon sechs Monate nicht mehr gemeldet und Honorar bekomme ich nur für eine Story, die sich gut verkauft. Die sind mir immer noch sauer wegen des Reports mit den Tatra Gämsen, das haben die mir noch nicht verziehen."

„Ich habe eine sehr interessante Story Harvey, aber du willst es ja noch nicht einmal versuchen, die Verschleppung von Sergej in die Zeitung zu bringen."

„Hilfst du mir noch einmal mit meiner Miete, wenn ich dir verspreche mit der London Times zu reden?"

„Ich helfe dir erst dann wieder, wenn ich den Artikel in der Times lese."

„Dann schmeißen die mich morgen aus dem Motel und ich sitze auf der Straße."

„Warum gehst du nicht zu Linda Hernandez, bei der ist doch ein Zimmer frei? Oder ist Steve Hernandez wieder aufgetaucht?"

„Seit ich aus dem Holiday Inn Express ausgezogen bin, habe ich mich nicht mehr bei Linda gemeldet. Und sie hat keine Kontaktdaten von mir. Meine SIM Card im Mobile ist gesperrt. Mensch Gucci, 10 $ bitte wenigstens 10 $. Ich habe Kohldampf, verstehst du."

„Hier Harvey, 16 Dollar 50 Cent. Mehr habe ich nicht einstecken. Iss dich bei Burger King satt und rufe deine Zeitung an. Erst wenn ich dort lese, dass du das Verschwinden von Sergej anprangerst, erst dann brauchst du wieder bei mir aufzutauchen."

Gucci schnippte seine Kippe zwischen Daumen und Mittelfinger in die Pfütze bei den Mülleimern und verschwand im Crazy Pelikan. Harvey steckte die 16,50 $ in die Jackentasche und schlurfte in Richtung Burger King nicht weit vom Crazy Pelikan entfernt. Es war schon 23:00 Uhr vorbei als Harvey aus dem Burger King heraus und zur Los Angeles Metro Rail ging. Er fuhr in sein Motel, packte dort seine Siebensachen in den Seesack und fuhr wieder mit der Metro Rail in Richtung Marina del Rey. Als er auf der linken Seite irgendwann das blaue Haus von Linda Hernandez sah, stellte er sich an den Ausgang um an der nächsten Haltestelle die Metro Rail zu verlassen. Harvey war froh, dass er keine Fahrkartenkontrolle über sich ergehen lassen musste. Von der Haltestelle waren es dann noch ca. 600 Meter, die er zurücklaufen musste, um wieder an Lindas Anwesen zu sein.

Es war mittlerweile 5 Uhr und im Osten in Richtung Landes Innere sah man schon die Morgenröte. Harvey legte sich neben die Eingangstreppe und halb unter die hölzerne Veranda wo er mit dem Kopf auf dem Schlafsack liegend schließlich eingeschlafen ist.

„Hey du Drecksack, was machst du hier unter meiner Veranda, wenn du nicht augenblicklich verschwindest, dann rufe ich den Sheriff. Hau ab hier."

Harvey schaute gegen die Sonne und erkannte nur die Umrisse einer Person, die mit einem Schrubber bewaffnet in seine Richtung schlug.

„Linda, bitte nicht schlagen, ich bin es doch."

„Woher kennst du meinen Namen, wer bist du denn?"

„Erkennst du mich denn nicht, ich bin es Harvey, Harvey Ellis."

Harvey rappelte sich auf und kroch unter der Veranda hervor. Er breitete die Arme aus und sagte noch einmal: „Schau Linda, ich bin es, Harvey, Harvey Ellis."

„Mensch Harvey, was ist denn mit dir passiert? Du siehst ja, entschuldige bitte, schrecklich aus. Man erkennt dich ja nicht wieder. Wo hast du denn die letzten sechs Monate gesteckt? Ich habe x-mal im Holiday Inn Express versucht, dich zu erreichen. Nichts. Auch dein Mobile. Nichts. Tot! Wo zum Teufel hast du gesteckt."

„Ach Linda, ich habe einfach den Bus verpasst. Dann geht das Geld aus, keine Storys für die Zeitung, kein Honorar und schon bist du in der abwärts Spirale. Gucci hat mir in den letzten Wochen noch geholfen, aber der macht jetzt auch zu. Er will unbedingte, dass ich das Verschwinden von dem schwulen Russen und Steve publik machen soll."

„Bevor du jetzt direkt wieder von dem Schwachsinn mit den schwulen Physikern anfängst, komme erst einmal herein und lass dich zivilisieren. Geh in das Badezimmer und rasiere dir diese hässlich roten Bartstoppeln aus dem Gesicht. Ich lege dir ein paar Klamotten von Steve hin, die passen dir nun, wenn du Hosenbeine und Ärmel etwas umschlägst. Danach dusche dich und in der Zwischenzeit mache ich dir ein leckeres Frühstück. Pass mal auf, in drei, vier Wochen passt du wieder in deine eigenen Klamotten hinein."

Als Harvey aus dem Badezimmer kam, sah er zwar noch immer nicht wie Adonis aus, aber mit einem zivilisierten sauberen Engländer konnte er wieder konkurrieren. Nach dem Frühstück bat er Linda dann, den Computer benutzen zu dürfen, um mit London zu sprechen.

„Ich muss unbedingt eine Story verkaufen um mir wieder ein Motel leisten zu können. Unter deiner Veranda war es sehr ungemütlich", sagte Harvey.

Linda meinte: „Selbstverständlich darfst du den Computer benutzen, gerne darfst du auch hier im

Gästezimmer wohnen, bis du wieder Boden unter den Füßen hast."

„Sag einmal Linda, hast du eigentlich etwas von Steve gehört?"

„Nicht so richtig. Nur, dass ich mir keine Sorgen machen soll. Steve ginge es gut und er käme bald zurück."

„Wer hat dir das mitgeteilt?"

„Das war ein Brief von der NASA, unterschrieben von einem Robert Bob Smith CEO."

„Sonst nichts?" „Sonst nichts!"

Harvey ging in das Arbeitszimmer von Linda und Steve und meldete sich am Computer an. Er wählte die Nummer von seinem Redakteur in London. Phil Evens war schon über sechzig und fraß bei der London Times eigentlich nur noch sein Gnadenbrot und betreute in seiner Redaktion ein paar Freiberufler. Allesamt durchgeknallt, aber Harvey stach aus den anderen noch einmal im Besonderen heraus. Als Harvey Phil auf dem Computer Screen sah, polterte dieser sofort los.

„Sag mal Harvey, wo steckst du denn? Dass du dich traust, hier noch einmal anzurufen, das ist bemerkenswert. Diese Scheiße mit den Tatra Gämsen, die hat mich hier um ein Haar den Job gekostet, das war dem Chefredakteur ein Ticken zu viel. Wenn ich hier vor fast 40 Jahren nicht als kleiner Web Designer angefangen hätte, dann hätten die mich wirklich rausgeschmissen. Bist du mit der Geschichte über das Camp in Chile endlich fertig? Ist etwas Brauchbares dabei herausgekommen?"

„Nein nicht so wirklich Phil. Ich habe dort schon nach ein paar Tagen abgebrochen, da ist ein amerikanischer Wissenschaftler verschwunden und ich habe mich auf die Suche nach ihm gemacht."

„Und hast du ihn gefunden. Ist das eine brauchbare Story? Kannst du mir die einmal schicken?"

„Äh, nein Phil, das ist nicht so einfach, weißt du, da ist ein schwuler russischer Physiker."

„Harvey, was ist mit dir? Hast du etwas geraucht oder eingeworfen? Was erzählst du da?"

„Phil, das ist so: Jonka, der Ranger in der Hohen Tatra, bei dem ich gewohnt habe als ich die Story über die Gämsen …"

„Hör bloß auf mit der Geschichte über die Gämsen, Mensch Harvey, das hätte mich fast den Job gekostet. Harvey, hast du die Story über die zwei schwulen Physiker, die in Chile verschwunden sind schon geschrieben? Dann sende sie mir einfach zu. Ich schaue mir das dann an."

„Nein nur der Russe ist schwul, der Ami ist einfach so verschwunden, ich habe es noch nicht geschrieben, aber ich fange sofort damit an. Du wirst begeistert sein. Phil, man, ich brauche eine Story."

„Harvey, ich hindere dich ja nicht daran. Schreib eine Story, die gut ist, ich schaue mir das Werk dann an und danach sehen wir weiter. Bis jetzt habe ich dir immer eine Story abgekauft. Nur schick mir nichts mehr über Gämsen."

„OK, Phil. Ende der Woche. Die Story von dem schwulen Russen. OK?"

„OK, Harvey. Ich möchte bloß wissen, was du geraucht hast?"

Danach hat Phil die Verbindung beendet. Linda stand im Türrahmen von wo sie die Konversation zwischen Phil und Harvey verfolgt hatte.

„Was für ein Schwachsinn war das denn eben? Was erzählst du den da von zwei schwulen Physikern, Steve ist nicht schwul! Ich habe Steves Laptop Passwort geknackt und habe mir seine Mailbox angeschaut. Da findest du null. Null Komma nichts findest du dort, was darauf hinweisen könnte, dass Steve schwul ist."

„Und der Russe Linda, was ist mit dem Russen."

„Was weiß ich welche sexuellen Neigungen dieser Sergej Ustinow hat. Wenn du es genau wissen willst: Es interessiert mich nicht die Bohne ob der mit Weibern, Männern oder Hühnern …"

„Hühner? Linda."

„Harvey es ist mir egal, ob der Russe schwul ist. Höre jetzt auf damit. Aber du mit deinen Spekulationen darüber ob Sergej schwul ist und deiner Vermutung, dass auch Steve schwul sein könnte, du hast mich dazu gebracht Steves Laptop Passwort zu hacken. Und ich habe etwas gefunden. Nicht dass Steve schwul ist, aber dass wir in etwas mehr als zwei Jahren wie einst die Dinosaurier verrecken werden. Das macht mich verrückt, ich halte das nicht mehr aus. Und du bist daran schuld."

„Was, ich bin daran schuld, dass die Dinosaurier ausgestorben sind?"

„Harvey, hör doch einfach einmal zu. Einfach einmal zuhören. Ich halte das nicht mehr aus. Ich kann nicht mehr."

Linda sackte im Türrahmen zusammen und lag von einem Weinkrampf geschüttelt auf dem Boden und schluckste.

„Ich halte das nicht mehr aus, ich kann dieses Wissen nicht mehr alleine für mich behalten, ich kann nicht mehr, ich kann nicht mehr."

Harvey, der während des Gespräches mit Phil noch einen ziemlich verwirrten Eindruck machte, schien von der Situation, die Linda nun bot, geradezu wachgerüttelt. Er beugte sich zu Linda, setzte sie auf, nahm sie in den Arm und versuchte sie zu beruhigen. Als ihm das nach ein paar Minuten ganz gut gelungen war, hob er Linda vom Boden auf und setzte sie auf die Couch im Arbeitszimmer.

„Soll ich dir ein Wasser holen oder einen Tee kochen, Linda."

„Ein Glas Wasser wäre nett."

Linda und Harvey saßen dann eine ganze Weile stumm nebeneinander im Arbeitszimmer. Harvey durchbrach das Schweigen, als er fragte:

„Linda sag, was hast du in Steves Laptop gefunden, was dich so fertig macht? Hat Steve etwas mit dem schwulen Russen?"

„Harvey, jetzt höre, bitte damit auf. Steve hat nichts mit dem schwulen Russen und auch mit sonst niemandem etwas außer mit mir. Er hat eine Entdeckung gemacht. Steve hat eine ganz schlimme Entdeckung gemacht. Deshalb hätte ich dich gebraucht. Aber du warst ja nicht zu erreichen und ich liege Nacht für Nacht wach und zermartere mir den Kopf, ich muss mit jemandem sprechen, obwohl ich nicht weiß, ob du der Richtige dafür bist. Aber es ist verdammt noch mal kein anderer da." „Linda, was hat denn Steve Schlimmes entdeckt?"

„Steve hat einen interstellaren Asteroiden entdeckt. Als Physiker wüsstest du zu beurteilen, welche Sensation das darstellt."

„Aber wenn das so eine physikalische Sensation ist, warum wird das dann nicht publiziert und warum bekommt Steve nicht den Nobel Preis für Physik dafür?"

„Ich gehe davon aus, dass Steve so wie ich, die Bahn des Asteroiden berechnet hat. Zwar fehlen mir Rechenkapazitäten im Laptop. Rechenkapazitäten, die Steve im Institut zur Verfügung hat. Er konnte die Bahn also noch genauer berechnen."

„Und was konnte er berechnen?"

„Harvey, ich konnte berechnen, dass der Asteroid im November in zwei Jahren auf der Erde einschlägt. Und darüber hinaus, dass er größer sein muss als der Asteroid, der vor 60 Millionen Jahren die Dinosaurier ausgelöscht hat."

„Linda, das ist ja schrecklich! Was konnte Steve genauer ausrechnen?"

„Steve wird im Institut das genaue Datum und die exakte Uhrzeit eines möglichen Einschlages berechnet haben. Und darüber hinaus ist es sehr wahrscheinlich, dass Sergej die gleiche Entdeckung und die gleichen Berechnungen gemacht hat. Immerhin forschen die Beiden in demselben Teil des Universums."

„Dann ist der Russe gar nicht schwul?"

„Jetzt hör doch endlich mit dem Scheiß auf. Ob Sergej schwul ist oder nicht, das spielt doch gar keine Rolle. Sergej ist ein hervorragender Physiker, darum geht es. Alles andere ist wurscht. Glaube mir, man hat Steve und Sergej wegen ihrer Entdeckung an einen geheimen Ort gebracht. Die arbeiten daran, die Katastrophe zu verhindern, wenn da überhaupt etwas zu verhindern ist."

„Dann ist das was mir Gucci erzählt überhaupt nicht der Grund für Sergej's verschwinden?"

„Davon gehe ich aus. Sergej ist aus dem gleichen Grund verschwunden, weswegen auch Steve verschwunden ist."

„Dann ist der Russe gar nicht schwul?"

„Harvey, jetzt höre doch bitte damit auf. Ob Sergej schwul ist oder nicht, das geht doch nur Sergej etwas an. Das Verschwinden von Sergej und Steve, das hat andere Gründe. Das hat die Gründe, die ich dir genannt habe."

„Und was mache ich nun mit meiner Story?"

„Harvey, es gibt keine Story. Steve ist nicht schwul und die Information, dass im November in zwei Jahren die Menschheit ausgelöscht wird, diese Story ist nicht für die Öffentlichkeit bestimmt. Stell dir vor, das steht morgen in der London Times. Was glaubst, du was dann los ist in der Welt."

„Das würde mir aber meine finanziellen Probleme lösen."

„Harvey, deine finanziellen Probleme wird in 30 Monaten ein Asteroid lösen. Solange kannst du hier bei mir wohnen, ich füttere dich wieder in deinen stahlblauen Anzug hinein und gebe dir ein Taschengeld. Haben wir uns verstanden?"

„Ja, Linda. Ich glaube, du hast recht. Wenn das öffentlich wird, das würde Anarchie bedeuten."

Ω

Nach ein und einer halben Woche meldete sich Phil Evens wieder in Lindas PC.

„Harvey, kommst du bitte in das Arbeitszimmer? Phil Evens aus London möchte dich sprechen."

Linda lauschte dem Gespräch im Flur stehend.

„Nein Phil, es gibt keine Story. Der warme Wind hat sich gedreht und bläst nun aus einer anderen Richtung."

„Ich verstehe zwar nicht genau, was du mir damit sagen möchtest Harvey, aber ich wollte nur gut mit dir. Ich hatte bei unserem letzten Gespräch verstanden, dass du dringend eine Story verkaufen musst, weil du abgebrannt bist. In der Wochenendausgabe hätte ich noch eine Geschichte unterbringen können. Aber wenn sich die Situation bei dir geändert hat? Auch gut! Wenn du einmal wieder etwas Brauchbares hast, dann melde dich. See you."

„Phil, vielen Dank, dass du an mich gedacht hast, bis dann."

Linda sah in diesem Gespräch eine Bestätigung darin, dass sie sich auf Harvey verlassen konnte und dieser nicht aus reiner Geldnot das Geheimnis um den Asteroiden öffentlich machen würde. Nun war sie richtig froh, dass Harvey bei ihr war. Er kümmerte sich um den Garten und den Hof und er war Linda ein guter Zuhörer, wenn sie sich über die drohende

Katastrophe bei jemandem ausweinen musste. Zudem konnte Linda nun auch wieder ruhiger und tiefer schlafen, nachdem sie die Bedrohung durch den Asteroiden nicht mehr alleine für sich behalten musste. Aber auch Harvey tat es gut, dass er bei Linda wohnen durfte. Die drei regelmäßigen Mahlzeiten ließen ihn schon bald wieder in seine eigenen Klamotten hineinwachsen. Eines Abends stand Harvey in einem perfekt passenden stahlblauen Anzug und mit Lackschuhen im Flur vor Linda. Das Hemd war mittlerweile etwas blasser geworden, jedoch war das strahlende Gelb noch immer ein greller Kontrast zu den kupferfarbenen Haaren, die wild in alle Richtungen standen.

„Linda, ich muss heute einmal raus. Ich habe mir ein Taxi in das Crazy Pelikan bestellt. Du musst nicht auf mich warten, ich werde irgendwann heute Nacht wieder auftauchen."

Linda machte sich noch über Harvey's Aufzug lustig, als draußen schon das Taxi hupte. Linda rief: „Harvey, hast du genug Geld einstecken."

„Ja, natürlich, das Taschengeld, das du mir zugesteckt hast, das konnte ich ja nicht ausgeben."

„Dann, passe auf dich auf und mach keinen Scheiß."

„Honkytonky, du kannst dich auf mich verlassen. See you tomorrow!"

Als Harvey am Crazy Pelikan aus dem Taxi stieg, wurde er direkt vom Johnny dem Türsteher angesprochen. „Hey Harvey, wer hat dich denn wieder aufgepäppelt, du bist ja wieder ganz der Alte." Johnny hielt Harvey die Tür auf und meinte „viel Spaß Fire Head."

Harvey setzte sich an die Theke, von wo er den Laden komplett überschauen konnte. Er bestellte sich einen Gin Tonic und fragte die Bedienung nach Gucci. „Der müsste eigentlich schon seit einer halben Stunde hier sein, der wird bald auftauchen, meinte Lizzy, eine der Barmädchen."

Der nächste Gin wurde Harvey mit den Worten serviert: „Na, hast du jemanden gefunden, der dich wieder reanimiert hat. Ist das der Grund, dass ich in der Times keinen Artikel zu Sergej's Verschwinden gefunden habe? Was ist eigentlich mit dem schwulen Physiker aus Chile? Ist der wieder aufgetaucht?"

„Hallo Gucci, schön dich zu sehen wie geht es dir?"

„Harvey, lenke, bitte nicht vom Thema ab, warum kümmerst du dich nicht um meine Bitte, die Sache von Jonka und Sergej publik zu machen."

„Vielleicht deswegen nicht, weil diese Sache ganz anders gelagert ist, als du vermutest. Sergej Ustinow wurde nicht verschleppt, weil er schwul ist. Das hat einen anderen Hintergrund."

„Was erzählst du mir da? Welchen anderen Hintergrund soll das denn haben?"

„Sorry Gucci, darüber darf ich nicht sprechen, aber glaube mir: Sergej und Steve sind an einem sicheren Ort und wurden nicht wegen Sergej's Homosexualität verschleppt."

„Wenn das so ist, dann sage mir welchen Hintergrund, dass sonst hat."

„Gucci, das hat einen rein wissenschaftlichen Hintergrund, mehr darf ich dir dazu nicht sagen.OK?"

„OK! Harvey noch einen Gin?" „Ja bitte, Gucci!"

Gucci musste zum anderen Ende des Tresens gehen, um den Gin Tonic für Harvey zu bereiten. Harvey war froh, dass Gucci nun offensichtlich nachgab und nicht weiter bohrte.

„Hier dein Gin Harvey, ich habe dir die Freundschaftsmischung zubereitet."

Harvey nahm einen kräftigen Sog durch das Glasröhrchen und meinte. „Oh, mein Lieber, wir müssen, aber richtig gute Freunde sein!"

Gucci mixte Harvey noch einige dieser Freundschaft Gins und irgendwann, saßen die zwei in einer der Logen bei schweren und langatmigen Gesprächen.

Es war kurz vor fünf Uhr früh als Gucci, Harvey vor die Tür begleitete und Johnny bat, dass dieser auf Harvey aufpassen solle, bis das Taxi kommt. Das Taxi ließ nicht lange auf sich warten, aber Johnny hatte seine Last damit Harvey in der senkrechten zu halten. Nicht weniger Arbeit hatte der Taxifahrer mit Harvey, als dieser Harvey am blauen Haus in Santa Monica bat, bitte auszusteigen. Als nichts mehr half, griff er Harvey in das Jackett, nahm sich 30 $ für die Taxifahrt und bugsierte Harvey in den Schaukelstuhl auf der Veranda.

„Sag einmal, wie siehst du denn aus? Wie kommst du denn hierher?"

„Guten Morgen Linda, warum sitze ich hier auf der Veranda?"

„Harvey, das war meine Frage? Seit wann sitzt du hier? Wie kommst du hierher?"

„Sorry Linda, ich weiß es nicht. Das Letzte an was ich mich erinnern kann, ist …,

ich war im Crazy Pelikan und … ich habe Gin Tonic getrunken … ich war mit Gucci zuletzt in einer VIP-Lounge … nein, Johnny war mit mir in der Lounge … nein, da war ein Fremder, der mich mitgenommen hat, … Linda, ich weiß es nicht mehr … Filmriss!"

„Na dann komm herein, leg dich in dein Bett und schlafe deinen Rausch aus."

Ω

Im Schweizer Berg war es voll geworden. Mittlerweile ist auch General Leong Wu-Min mit einer Abordnung Wissenschaftlern aus Xichang eingezogen. Leong Wu-Min ist Angehörige der Chinesischen National Space Administration, kurz CNSA. Sie war als Taikonaut schon in einer Erdumlaufbahn unterwegs und eine der führenden Astro-Physikerinnen in China. Als den Amerikanern und Russen die finanziellen Dimensionen der Planungen zu der Asteroiden Abwehr deutlich wurden, bat man die Chinesen an dem Projekt mitzuarbeiten. Leong Wu-Min war mit 15 ihrer Kollegen im Schweizer Hotel eingezogen und es war nun kein Zimmer mehr frei. Einige Wissenschaftler waren nun sogar gezwungen, das Zimmer zu teilen. Gemeinsam mit den Chinesen und den damit zusätzlich zur Verfügung stehenden finanziellen Mitteln machte man gewaltige Fortschritte. Auch überwand man Stolz und Egoismus und öffnete den Chinesen auch die Tür zu den Projekten 'LunaVillage' und 'Mars Traveller'. In den Projektgruppen in Houston und Baikonur wunderte man sich sehr darüber. Jedoch, bei denen, die um die Bedrohung durch einen Asteroiden wussten, war es eine logische Konsequenz, alle zur Verfügung stehenden Mittel zu nutzen. Zudem der Einschlag eines Asteroiden auf der Erde, wirklich kein egoistisches nationales Thema sein konnte. Zwar wusste man, ziemlich genau, an welchem Tag der Aufprall stattfinden musste, aber egal wo der Eisenklumpen mit seinen 28 km Durchmesser einschlagen würde. Betroffen wäre die Erde und nicht ein national beschränktes Gebiet. Auch wenn man wusste, dass in knapp zwei und einem halben Jahr das Ende der Menschheit gekommen sein wird. Genauso positiv war, zu spüren, wie diese alle betreffende Katastrophe die Menschheit zusammenschweißte. Zumindest diejenigen, die zurzeit in den Schweizer Bergen zusammenarbeiteten, die spürten keinerlei Feindseligkeiten untereinander.

Steves Schicht war für heute beendet. Zehn Stunden lang war er gemeinsam mit unterschiedlichen Gruppen am Arbeiten und er war froh, nun endlich in seinem Zimmer etwas Ruhe und Privatsphäre zu erfahren. Er bestellte sich beim Room Service ein Abendbrot und schaltete die Fox News LA ein, wo nun gleich die Morgennachrichten gesendet werden. Steve saß auf der Toilette und hörte durch die offene Badezimmertür das Intro der Fox News Los Angeles.

„Guten Morgen meine sehr geehrten Damen und Herren, die London Times berichtet in ihrer heutigen Ausgabe darüber, dass die Menschheit massiv bedroht ist. Wie die London Times berichtet, wird aus sicheren Quellen mitgeteilt, dass im November in zwei und einem halben Jahr ein Asteroid auf der Erde einschlagen wird. Der größer sein soll als der, der einst das Aussterben der Dinosaurier verursachte … ."

Steve watschelte mit heruntergelassener Hose in sein Hotelzimmer, mit den Hosen an den Knöcheln stürzte er auf den Teppich vor den Fernsehbildschirm.

„... Ebenfalls im Zusammenhang mit den Erkenntnissen über die Asteroiden Katastrophe steht wohl das Verschwinden der beiden Physiker Sergej Ustinow und Steve Hernandez.

Der Russe Ustinow wurde offensichtlich aus seiner Sankt Petersburger Wohnung und der Amerikaner Steve Hernandez in der Nähe von La Serena in Chile verschleppt. Seit letztem Dezember fehlt von den beiden Wissenschaftlern jegliche Spur. Unsere Bemühungen, Stellungnahmen von NASA und ROSKOSMOS zu erhalten, blieben heute Vormittag jedoch erfolglos.“

Steve lag noch bäuchlings mit nacktem Arsch auf dem hochflorigen Teppich, als über die Wechselsprechanlage alle Wissenschaftler in das große Sitzungszimmer gebeten wurden. Als Steve das Sitzungszimmer betrat, war dort schon ein gehöriger Disput zwischen Wladimir Popow und Leong Wu-Min im Gange.

„Kaum seid ihr Schlitzaugen hier und schon ist die Katze aus dem Sack, ich war gleich dagegen euch Chinesen hier mit einzubinden. Das ist ihre Verantwortung Frau General Leong Wu-Min“

„Genosse Popow, meine Verantwortung ist es ihnen zu sagen, dass meine chinesische Mannschaft so verschwiegen ist wie die Terrakotta Armee in Xian seit 2000 Jahren. Warum sollten wir Chinesen ausgerechnet an die London Times petzen?“

„Vielleicht haben sie sogar recht, warum die London Times und warum Fox News Los Angeles, die das zuerst veröffentlichen."

„Wladimir, was willst du damit sagen?" War der Einwand von Bob Smith! „Ihr Russen seid doch die Fake News Experten!"

„Fake News, das ist es doch", sagte einer aus den hinteren Reihen. „Dass es sich um Fake News handelt, das müssen wir auf einer Pressekonferenz der Welt erzählen."

Die drei Delegationsleiter, Bob Smith, Wladimir Popow und Leong Wu-Min, waren sich aber auch einig, dass man herausfinden musste, wo die undichte Stelle ist. Nachdem man recht schnell ermittelt hatte, dass Phil Evens der verantwortliche Redakteur in London war, stand eines schnell fest.

„Ich möchte diesen Phil Evens so schnell wie möglich hier in der Schweiz haben. Wie bekommen wir den Mann schnell und politisch korrekt hierher." Forderte und fragte Bob Smith.

Leong Wu-Min stimmte zu, sagte jedoch:

„Ihr im Westen versucht Dinge seit dem 2. Weltkrieg im letzten Jahrhundert immer politisch korrekt, zu regeln. Lasst mal, ich kümmere mich darum. Spätestens Ende der Woche bringen wir die Lerche hier zum Singen."

Wladimir Popow war danach voller Bewunderung für die Chinesin. „Dafür bewundere ich euch

Chinesen, das ging uns Russen komplett verloren. Ach waren das noch Zeiten, als der Wladimirowitsch bei uns noch das Sagen hatte. Da waren wir mindestens so pragmatisch wie ihr Chinesen. Einzig unser Wladimirowitsch, der verrichtet heute seine Morgentoilette noch immer in kalten Bergbächen und fängt seinen Fisch zum Mittagstisch mit bloßen Händen."

Man verständigte sich auf Stillschweigen. Die Chinesen hatten freie Hand dabei, Phil Evens von London in die Schweiz zu bringen und Bob Smith, Wladimir Popow sowie Leong Wu-Min beriefen Pressekonferenzen ein. Die Pressekonferenzen fanden unabhängig voneinander in Washington, Peking und Moskau statt. Alle Aussagen waren dahin gehend abgestimmt, dass den Raumfahrtorganisationen NASA, ROSKOSMOS und CNSA keine Erkenntnisse über einen Asteroiden mit Kurs in Richtung Erde vorliegen würden.

Eine erste große Panik war damit zunächst einmal abgewehrt.

Ω

In Santa Monica schrie Linda aus dem Küchenfenster in den Hof. „Harvey, wo steckst du, komm sofort ins Haus, ich muss mit dir reden."

„Was schreist du so, ich bin hier unten in der Werkstatt und repariere den Wetterhahn, wenn ich fertig bin, komme ich nach oben."

„Du verdammter Heuchler, komm sofort hierher, wie konnte ich glauben, dass du anders bist als all die anderen Typen von der Journaille? Für eine Story und ein paar Dollar verkauft ihr eure Großmutter. Komm augenblicklich nach oben, pack' deinen Seesack und mach dich hier vom Acker, ich will dich hier nicht mehr sehen."

Harvey kam die Treppe herauf gehechelt, kreidebleich mit weichen Knien stand er vor Linda im Flur und fragte: „Linda, was ist denn passiert, was habe ich denn gemacht, dass du so außer Rand und Band bist?"

„Hör doch auf Harvey! Eben haben sie in den Fox News LA berichtet, was die London Times publiziert. Und ich habe dir vertraut. Du Verräter!"

„Aber Linda, was haben die denn berichtet? Seitdem Gespräch das du mitgehört hattest, hatte ich keinen weiteren Kontakt zu Phil oder der London Times"

„Aber woher wissen die, dass ein Asteroid auf Erd-Kurs ist und im November in eineinhalb Jahren einschlagen wird? Woher können die wissen, dass Sergej und Steve, seit Dezember verschwunden sind? Hör doch auf Harvey, wer außer dir hat Informationen darüber, sag wer."

Harvey setzte sich in den großen Sessel im Arbeitszimmer. Er schaute an die Zimmerdecke und schrie: „Scheiße, Scheiße, Scheiße ... Filmriss ... dieses Schwein hat mich abgefüllt und zum Singen gebracht ... diese Ratte. ... Scheiße, Scheiße."

Harvey brach in Tränen aus und begann bitterlich und hemmungslos zu heulen.

„Du glaubst, dass du im Vollsuff im Crazy Pelikan über Steve, Sergej und den Asteroiden gesprochen hast? Wem hast du das denn dort erzählt?"

„Als ich im Crazy Pelikan ankam, kam kurz nach mir Gucci zu seiner Nachtschicht. Er fing sofort an und bearbeitete mich wegen der Story über den schwulen Russen, die ich an die Times geben sollte. Ich sagte ihm nur, dass das einen anderen, rein wissenschaftlichen Grund hat, das Verschwinden von Sergej und Steve. Er hat mich danach auch in Ruhe gelassen. Wir haben dann nicht mehr über die Sache geredet, aber wir tranken noch etliche Gins Tonic. Freundschaftsmischung! Verstehst du?"

„Oh Harvey, Freundschaftsmischung. Wahrscheinlich hatte dein Freund eine eigene Mischung und als du so richtig abgefüllt warst, dann haben sie den Paradiesvogel singen lassen. Oh Harvey, das ist eine schlimme Sache. Aber warum hat Phil die Geschichte einfach so veröffentlicht? Ohne sich noch einmal bei dir rückzuversichern. Lass uns bitte Phil anrufen. Sofort!"

Harvey und Linda wählten gemeinsam die Nummer von Phil. Betty Ball, eine Mitarbeiterin von Phil nahm das Skype-Telefonat an.

„Tut mir leid, aber Phil ist nicht im Büro. Der will seinen 65. Geburtstag feiern und hat danach noch ein paar Tage frei. Er will auch für ein paar Tage aus London verschwinden. Vielleicht fährt er nach Brighton, um die Seeluft zu genießen, ich sage ihm, dass du angerufen hast, wenn er wieder im Büro ist."

Daraufhin bestellte sich Harvey ein Taxi und fuhr zum Crazy Pelikan. Johnny der Türsteher beseitigte die leeren Flaschen der vergangenen Nacht und sagte der Putzkolonne, was zu reinigen war.

„Hallo Johnny, sag mal, weißt du, ob Gucci heute Dienst hat?"

„Gucci hat ein paar Tage Urlaub beantragt und ist rüber nach Hawaii geflogen. Weiß nicht ob der überhaupt zurückkommt. Du weißt ja, diese Paradiesvögel das sind Zugvögel, die fliegen aber nicht hin und her, diese Vögel fliegen stets nur dem Schnabel nach. Aber vielleicht täusche ich mich auch und er ist in zwei Wochen wieder hier."

„OK, trotzdem vielen Dank, Johnny."

Harvey fuhr wieder zurück zu Linda und er konnte Linda wirklich breit schlagen, ihm weiterhin Quartier im Gästezimmer zu gewähren. Kein Crazy Pelikan, kein Alkohol und auch sonst keine Eskapaden, das waren die Auflagen.

Ω

Phil Evens hatte anlässlich seines 65. Geburtstag einen Tisch im PingPong bei den Sankt Katharine Docks reserviert. Einen runden Tisch für acht Personen. Der Tisch stand in der Mitte des Restaurants. Er war deswegen praktisch, weil in der Mitte des Tisches noch einmal ein runder drehbarer Aufsatz war. Dadurch konnte sich jeder der am Tisch sitzenden, bequem von den Speisen in der Mitte des Tisches bedienen. Es waren sieben seiner engsten Kollegen und Kolleginnen, die Phil zu seinem 65. geladen hatte. Und es war der ausdrückliche Wunsch von Chiara-Mei einer langjährigen chinesischen Kollegin, in das Ping Pong zu gehen. Es war schon fast Mitternacht, als Phil um die Rechnung bat. Er gab seine Kreditkarte mit der Rechnung an die Bedienung und bat darum, dass man ein großzügiges Trinkgeld berücksichtigen solle. Nach wenigen Minuten trat die Bedienung noch einmal an den Tisch und bat Phil mitzukommen. Es gäbe ein Problem mit der Kreditkarte und er müsse direkt an der Kasse unterschreiben. Als Phil nach fast einer halben Stunde noch immer nicht zurück am Tisch war, fragte Herb Adams bei der Bedienung nach, wie lange der Zahlungsvorgang denn noch dauern würde.

„Mistel Evens hat das Lestaurant beleits vor einer halben Stunde vellassen. Hat el ihnen nicht Bescheid gesagt? Das tut mil jetzt abel leid. Darf ich ihnen noch einen Leiswein anbieten?"

Den Reiswein haben die Kollegen ausgeschlagen und sie waren äußerst verwundert darüber, dass Phil so sang- und klanglos verschwunden ist. Das war nicht seine Art. Aber da er sich ohnehin für ein paar Tage aus der Stadt verabschieden wollte, maßen sie der Aktion dann doch nicht so viel Bedeutung bei.

Ω

Zu dem Zeitpunkt als sich Herb Adams nach dem Verbleib von Phil erkundigte, war dieser jedoch schon auf halber Strecke Richtung Luton. Dort, ca. eine Autostunde nördlich von London, wartete auf dem dortigen regionalen Flughafen, ein Lear Jet. Der Jet wurde von der chinesischen Botschaft gechartert und die zwei auf die Botschaft zugelassenen Bentley Limousinen fuhren über das Rollfeld direkt bis an den Flieger. Nachdem ein Brite begleitet von mehreren Asiaten, die Maschine bestiegen hatten, hob diese direkt ab in Richtung kontinental Europa.

Als Steve am Morgen Richtung Salon schlenderte, um ein Frühstück einzunehmen, fiel ihm auf, dass eine der Hotelzimmer-Türen von zwei Bodyguard bewacht wurde. Steve bemaß dem jedoch nicht viel Bedeutung bei. Als er dann mit seinem Frühstück (Bacon and Scrambled Eggs) an einem der Tische Platz nahm, wurde dort bereits erzählt:

„Den Briten haben die Chinesen schon hierher gebracht."

„Welchen Briten?"

„Na, den Typen der den Bericht in der London Times veröffentlicht hat."

„Welchen Artikel?"

„Mensch, geh doch noch einmal ins Bett, um auszuschlafen. Sag mal, warum bist du eigentlich hier? Der Artikel über den Asteroiden natürlich."

„Aber Bob, Wladimir und Wu-Min sagten doch, dass das Fake News waren."

„Leute, ich breche zusammen, könnt ihr mir denn nicht helfen?"

„Ljudmila, merkst du denn nicht, dass dich der Ami veräppelt?"

„Das morgendliche Statusmeeting um neun ist verschoben auf zehn."

„Das ist doch mal eine Ansage, dann gehe ich noch einmal auf mein Zimmer."

Auf dem Rückweg zu seinem Zimmer fiel Steve auf, dass das Hotelzimmer nicht länger von den Bodyguard bewacht wurde.

„Dann werden sie den Briten wohl schon im Sitzungszimmer zu Rechenschaft ziehen", überlegte Steve, als er sein Hotelzimmer betrat und sich noch einmal auf das nicht gemachte Bett fallen ließ.

Und so war es.

Im Sitzungszimmer saß Phil Evens vor Robert Bob Smith von der NASA, Wladimir Popow von ROSKOSMOS und der Chinesin Leong Wu-Min von CNSA.

„Sie sind also Phil Evens von der London Times?" Eröffnete Bob Smith.

„Ja Sir, mein Name ist Phil Evens und ich arbeite seit mehr als vierzig Jahren für die London Times."

„Sagen sie Phil, von wem bekamen sie die Informationen darüber, dass sich ein Asteroid auf Kollisionskurs mit der Erde befindet."

„Die Info bekam ich von einem gewissen Maksym Lasarow aus Los Angeles."

„Woher Kennen sie diesen Mann und woher wissen sie, dass er sie aus Los Angeles kontaktiert hat?"

„Ich habe den Mann nicht gekannt, als er sich zum ersten Mal bei mir gemeldet hat. Dass er aus Los Angeles war, das hat er mir gesagt."

„Und was macht dieser Maksym Lasarow in Los Angeles?"

„Er sagte mir, er würde in einer Bar in Los Angeles arbeiten."

General Leong Wu-Min wurde sichtlich ungeduldig und dann platzte ihr geradezu der Kragen. Sie sprang von ihrem Stuhl auf, stützte sich mit den Händen auf den Tisch vor Phil Evens und beugte sich so nah zu Phil's Gesicht hin, dass sich der beiden Nasenspitzen fast berührten.

„Sie erzählen uns hier allen Ernstes, dass sie von einem Osteuropäer aus Los Angeles angerufen wurden, den sie nicht kennen, der in einer Bar arbeitet und ihnen erzählt: »Phil, auf die Erde rast ein Asteroid zu« und das genügt ihnen, um diese Geschichte in die Welt hinauszuposaunen. Wie lange sind sie schon bei der London Times beschäftigt? Glauben sie ich wäre ihre Großmutter? Der können sie diese Geschichte vielleicht auf den Bauch pinseln. Nun vergeuden sie nicht länger unsere Zeit und erzählen Sie bitte wie und von wem sie die Informationen über den Asteroiden erhalten haben."

Wladimir Popow grinste: „Bewundernswert die Chinesen, immer gerade aus."

Phil holte Luft, während sich General Leong Wu-Min wieder zurück in ihren Stuhl sackte.

„Ich muss etwas ausholen", meinte Phil. Und General Leong Wu-Min erwiderte: „Ich habe sie gewarnt Phil, sie erzählen keinen Scheiß mehr, sonst lasse ich sie die Chinesische Maurer kehren."

„Maksym Lasarow rief mich an und sagte, dass er im Auftrag von Harvey Ellis anrufen würde."

„Wer um Gottes willen ist denn nun Harvey Ellis."

„Bitte lassen Sie mich erzählen. Harvey Ellis ist ein freischaffender Journalist, mit dem ich schon seit vielen Jahren zusammenarbeite. Dieser wiederum rief mich einige Zeit, bevor Maksym Lasarow angerufen hat, ebenfalls aus Los Angeles bei mir an. Es ging ihm zu diesem Zeitpunkt wohl nicht aller bestens und er versuchte, mir eine Story zu verkaufen. Ich wiederum war noch sauer auf Harvey, weil er mir eine grottenlangweilige Reportage über die Tatra Gämse verkauft hatte, wofür ich beinahe gefeuert worden wäre."

General Leong Wu-Min war schon wieder ungeduldig. „Das hätten die besser gemacht bei der London Times, das hätte uns allen hier einiges erspart."

„Nun lass ihn doch bitte einmal erzählen Wu-Min, hilft doch alles nichts", sagte Bob Smith.

„Als Harvey zum ersten Mal angerufen hatte, erzählte er mir von einem schwulen Russen, der in Sankt Petersburg verschleppt wurde. Ich sollte das an die große Glocke hängen und die Russen anprangern, dass sie homosexuelle Männer verschleppen und quälen würden."

Nun wurde es Wladimir Popow zu bunt: „Das hättet ihr in London einmal schreiben sollen, dann wäre uns das Theater hier auch erspart geblieben."

‚Wladimir, nun lass ihn doch einmal erzählen', war erneut Bob Smith Einwand.

„Die Geschichte von dem schwulen Russen aus Sankt Petersburg, die wurde Harvey von einem Nachtfalter in einem Nachtclub erzählt, der wiederum von einem Freund des Russen informiert wurde.

Harvey, der eigentlich in Chile eine Reportage über ein Observatorium schreiben wollte. Der bekam dort aber mit, dass ein amerikanischer Physiker aus dem Observatorium verschwunden war. Er verfolgte dessen Spur nach Santa Monica, wo er die Frau von dem Amerikaner aufspürte, eine gewisse Linda Hernandez. Von dort rief er mich auch bei der Times an. Ich bat Harvey, dass er die Story zusammenschreiben und mir zuschicken solle. Als er das nicht getan hat, habe ich ihn noch einmal bei Linda Hernandez per Skype kontaktiert. Bei diesem Kontakt sagte er mir, dass es keine Story geben würde. Er meinte »der warme Wind hat sich gedreht und bläst nun aus einer anderen Richtung«. Ich habe das nicht so recht verstanden und wollte die Sache schon vergessen, als dieser Maksym Lasarow dann angerufen hat und sagte, dass er im Auftrag von Harvey anrufen würde, weil dieser bei Linda Hernandez nicht frei sprechen könne. Und dann gab er mir die Info, dass die zwei Physiker nicht schwul seien und der Grund für ihr Verschwinden eben im Zusammenhang mit der Entdeckungen eines Asteroiden stehen würde, der auf die Erde zurast, um die Menschheit im November in etwa zwei Jahren auszulöschen."

Bob Smith blies die Backen auf, um nach einer Weile in den Raum zu stellen.

„Und dann haben sie die Nachricht veröffentlicht, ohne nachzudenken, was sie dadurch weltweit an Chaos auslösen könnten. So verantwortungslos kann man doch nicht sein."

„Ja, natürlich haben sie recht. Ich habe überhaupt nicht nachgedacht, ich war einfach blind, so eine Story: Die bekommen sie ein einziges Mal im Leben."

„Im wahrsten Sinne des Wortes." Bemerkte Popow.

Bob Smith rief den Body Guard und lies Phil, zurück auf sein Zimmer begleiten.

Danach sagte er das morgendliche Statusmeeting endgültig ab und bestellte sich Steve in das Sitzungszimmer.

„Steve, wem hast du von dem Asteroiden erzählt?"

„Sergej habe ich darüber informiert, sonst niemanden."

„Wer ist Harvey Ellis?"

„Ich kenne keinen Harvey Ellis, warum sollte ich ihn kennen?"

„Der war in La Serena im Camp am dortigen Observatorium. Auch bekomme ich auf mein Nachfragen gerade eine Antwort von der US Air Force. Der Typ ist am 11. Dezember aufgegriffen worden, als er sich am Zaun der Air Base in La Serena zu schaffen machte."

„Ich habe den Namen noch nie gehört, am 11. Dezember war ich zudem auch schon hier in meinem goldenen Käfig."

‚Dieser Harvey Ellis, der wohnt aber offensichtlich bei Linda Hernandez in Santa Monica?'

„Dies wiederum würde mich nun auch interessieren, ich kenne den Vogel nicht."

‚Steve, hast du schon einmal etwas von einem Maksym Lasarow gehört?'

„Nö, klingt russisch."

„Ukrainisch. Du kannst gehen Steve. Bitte halte dich auf deinem Zimmer auf, falls wir noch Fragen haben."

Als Steve den Meeting-Raum verlassen hatte, sagte General Leong Wu-Min:

„Ich habe einmal ausgerechnet, wie viele tausende Kilometer uns der Asteroid im Laufe des Vormittags näher gekommen ist, das interessiert aber hier offensichtlich keinen mehr."

Steve wartete am Aufzug, als die Aufzugtür sich öffnete, kam Sergej aus dem Aufzug heraus.

„Bist du jetzt an der Reihe? Ich komme gerade vom närrischen Dreigestirn."

„Und was wollten sie von dir wissen?"

„Irgendjemand außer uns Beiden muss, da draußen Wissen über den Asteroiden habe. Das wollen sie herausbekommen. Sag, hast du mit jemandem außer mir darüber gesprochen."

„Nein Steve, du kannst mir vertrauen."

Die erste Frage die Sergej gestellt wurde, war die Gleiche, wie sie auch Steve gestellt worden ist. Der Unterschied war alleine, dass nicht Bob Smith, sondern Wladimir Popow die Fragen stellte.

„Sergej, wem hast du von dem Asteroiden erzählt?"

„Steve habe ich darüber informiert, sonst niemanden."

„Kennst du einen Maksym Lasarow?"

„Ja, das ist ein Ukrainer, der unter dem Künstlernamen Gucci in amerikanischen Nachtclubs tingelt."

„Und woher bitteschön kennt ein Doktor der Physik so einen Nachtfalter?"

„Maksym Lasarow ist ein Freund von Jonka Novak."

„Und wer zum Teufel ist Jonka Novak?"

„Der ist Ranger in der Hohen Tatra, mit dem hatte Gucci ein Verhältnis."

„Und du Sergej, was für ein Verhältnis hast du mit Jonka Novak?"

„Ich war mit Jonka ein paarmal in der Hohen Tatra zur Jagd."

„Und sonst"

„Was und sonst, was willst du noch hören Wladimir?"

„Bist du schwul Sergej."

„Ich habe eine Frau und einen Sohn, ich lebe in Scheidung."

„Das war nicht meine Frage. Ob du schwul bist, habe ich gefragt?"

„Das weiß ich nicht."

„Was heißt, das weißt du nicht."

„Bei einem Jagdaufenthalt in der Hohen Tatra, in Jonkas Hütte, da ging mir Jonka einmal an die Wäsche und hat mir gezeigt, wie sich Männer sexuell näher kommen. Ich weiß aber nicht, ob mir Jonka mein Herz oder der Wodka den Kopf verdreht hat. Ich weiß nicht, ob ich schwul bin. Glaube aber nicht!

Dieser Gucci, war mehrere Jahre mit Jonka zusammen, bevor er dann nach Amerika gegangen ist."

„Wolltest du mit Jonka Weihnachten in der Hütte in der Hohen Tatra verbringen?"

„Ja."

„Kennst du einen Harvey Ellis?"

„Nein, den Namen habe ich noch nie gehört."

„Bob, Wu-Min habt ihr noch Fragen? Nein! Sergej, das war es dann, bleibe, bitte auf deinem Zimmer, falls wir noch Fragen hätten."

„Na, das war ja äußerst aufschlussreich. Können wir uns jetzt vielleicht wieder wichtigeren Themen zuwenden. November, 22, 15:18 PST, danach interessiert keinen mehr, ob der Russe schwul oder der Ami eine Plaudertasche ist. Und bis dahin ist nur interessant, ob wir diesen Asteroiden von seinem scheiß Kollisionskurs abbringen. Wollte nur noch einmal daran erinnern meine Herren."

Ω

Steve fiel es an den folgenden Tagen zunehmend schwer, zu arbeiten. Viel zu sehr beschäftigte ihn die Sache, dass bei seiner Linda dieser Harvey Ellis wohnen soll. Nach den vielen Monaten, die er nun schon im Berghotel in der Schweiz eingesperrt war, fühlte er sich nun so richtig als Gefangener. Keine frische Luft, keine Kontakte nach draußen, keine Kommunikation mit der Familie und nun auch noch der Hinweis, dass ein fremder ihm unbekannter Mann bei Linda wohnen soll. Was ihm Hoffnung machte, war der Hinweis eines Kollegen, dass sich der britische Times-Redakteur nun offensichtlich frei im Hotel bewegen durfte. Zumindest hätte man ihn nun schon des Öfteren in der Schwimmhalle gesehen. Am Ende der Hotelflure war jeweils eine kleine Sitzgruppe wo man sich mit Kollegen treffen, einen Kaffee trinken oder ein Buch lesen konnte. Steve begab sich eine Ebene tiefer, auf den Flur, auf dem das Zimmer von Phil Evens lag. Er setzte sich in einen der Club Sessel, bestellte sich einen Tee und wartete. Endlich nach gefühlt mehreren Stunden öffnete sich die Tür des Briten und er schlurfte im Bademantel über den Flur, ganz offensichtlich in Richtung Schwimmhalle. Steve folgte ihm. Er setzte sich in einen Plastikstuhl in der Schwimmhalle und schaute zu, wie Phil seine Bahnen zog. Wieder dauerte es mindestens eine Stunde, bis Phil endlich aus dem Wasser stieg und die Badeleiter emporklomm.

„Guten Abend, sind sie Phil Evens."

„Ja, mit wem habe ich die Ehre?"

„Mein Name ist Steve Hernandez, du bist ein guter Schwimmer Phil."

„Ja, danke. Vor vierzig Jahren war ich der Erste, der den Ärmel Kanal von England startend hin und zurück durchquert hat."

„Sie sind den Ärmel Kanal hin und zurück geschwommen?"

„Ja, ich hatte meinen Ausweis vergessen, um in Frankreich aus dem Wasser steigen zu dürfen. Aber wie heißt du?"

„Steve, Steve Hernandez?"

„Den Namen habe ich doch schon einmal gehört? Hilf mir bitte, wo ich den Namen schon einmal gehört habe Steve."

„Ich wohne in Santa Monica zusammen mit meiner Frau Linda Hernandez und dort soll sich zwischenzeitlich ein gewisser Harvey Ellis eingenistet haben? Kannst du mir das bestätigen?"

„Dann bist du der amerikanische Physiker, der in Chile verschwunden ist, sag ist der verschleppte schwule Russe auch hier?"

„Phil, mich interessiert, was dieser Harvey für ein Vogel ist. Welche Rolle spielt der Typ, was macht der bei meiner Frau."

„Ich kann dir nicht sagen, wie Harvey bei deiner Frau gestrandet ist, aber eines weiß ich hundertprozentig: Eifersüchtig musst du deswegen nicht sein. Harvey ist, ende dreißig Jahre alt und weil er nicht weiß, ob er einen Mann knutschen könnte und weil er unter dem Trauma leidet, dass sich an seinem 18

Geburtstag die 103 kg schwere Schwester eines Freundes nur im String Tanga bekleidet auf ihn warf, deswegen ist der Typ noch immer Jungfrau. Sternzeichen Löwe übrigens. Sollte er sich aber mittlerweile für eins der Geschlechter entschieden haben, dann müsste deine Frau auf Typen stehen die sich aus Dirk Bach, Pumuckl und Dieter Hallervorden kreuzen."

„Das beruhigt mich nun nicht wirklich, was ist das denn für ein Vogel?"

„Harvey ist freier Mitarbeiter bei der London Times, er selbst bezeichnet sich als Weltkorrespondent der London Times. In Wirklichkeit, kaufe ich ihm mit Billigung meiner Vorgesetzten immer wieder einmal eine Story ab. Von dem Honorar lebt der Vogel dann irgendwo in der Welt, um dann darum zu betteln eine neue Story abgekauft zu bekommen. Eigentlich wollte er eine Reportage über das Leben in dem Camp eines Observatoriums in der Nähe von La Serena Chile verfassen. Dort hat er dann wohl von deinem Verschwinden mitbekommen und bekam offensichtlich von einem deiner Kollegen im Camp in Chile die Adresse deiner Frau."

„Und dieser Maksym Lasarow, was ist der für ein Typ?"

„Das kann ich dir nicht sagen. Den kenne ich nur vom Telefon. Als ich mich bei ihm erkundigen wollte, ob das Honorar für die Story bei ihm angekommen sei. Da sagte man mir, dass er von Los Angeles nach Honolulu Hawaii geflogen sei."

Ω

Nach den drei Pressekonferenzen in Washington, Peking und Moskau. Wo man die Asteroiden Katastrophe als falsch und unbegründet abtat, hatte sich die Welt schneller beruhigt, als sie sich davor nach der Meldung von London Times aufgeregt hatte.

Überall kehrte Alltag und Tagesroutine wieder ein. So auch in dem unterirdischen Luxus Hotel in den Schweizer Bergen wo mehr als 30 Wissenschaftler an drei wesentlichen Projekten arbeiteten. Die Projekte Moon Village und Mars Traveller machten sehr gute Fortschritte. Mittlerweile hatte man mehr als 350 Menschen auf der Mondbasis stationiert. Auch die Reise zum Mars, an der je zwei Astronauten, zwei Kosmonauten und zwei Taikonauten vorgesehen waren stand kurz vor dem Start. Die Marsreisenden waren also je ein amerikanisches, ein russisches und ein chinesisches Pärchen. Diese sechs Leute sollten den Fortbestand der Menschheit im All sicherstellen.

Das eigentliche Projekt, nämlich die Asteroiden Abwehr kam nicht voran. Schuld war, dass man sich nicht so recht einigen konnte, was denn die beste Aktion wäre, um den Asteroiden aus der Bahn zu bringen. Aber noch weniger konnte man sich einigen, wer denn nun am meisten Anteil haben würde, wenn es gelänge, die Welt zu retten. Alleine die Frage nach der Reihenfolge der Nationen, wie die auf den Trägerraketen beschrieben wären, lösten immer wieder lange Diskussionen aus. Wertvolle Zeit ging verloren bei Diskussionen, ob man dem Alphabet folgen solle, wobei die Amerikaner immer vorne als erste erwähnt würden. Aber auch als man sich regeln wollte das Alphabet einmal von vorne und dann wieder von hinten zu beginnen löste erbitterte Diskussionen aus. Immerhin waren dabei die Chinesen stets in der Mitte genannt. Die Egoismen der Nationen schienen also viel wichtiger als die Tatsache, dass es nach dem 22. November um 15:18 PST völlig egal wäre. Dann wäre die Welt wie wir sie kennen nicht länger präsent. Aber das schien ein untergeordnetes Problem zu sein. Monate gingen ins Land und die Zeit wurde immer knapper. Und nach und nach trennte man sich immer mehr in zwei Lager. Die einen verfielen in Depression und die anderen lebten in der Hoffnung, dass die zweiprozentige Wahrscheinlichkeit eintritt, dass der Asteroid doch an der Erde vorbeifliegt. Und sich somit alles in Wohlgefallen auflöst. Im Grunde genommen raste man mit 250 Sachen auf eine Mauer zu in der Hoffnung, dass sich kurz vor dem Aufprall ein zwei mal zwei Meter großes Loch auftut und man unversehrt durch die Mauer hindurch kommt.

Gut, vor mehr als 3000 Jahren hatte sich einmal ein Meer geteilt, als Moses das Volk der Israeliten durch das Rote Meer führte. Nach so langer Zeit könnte sich ja einmal wieder Ähnliches ereignen.

Ω

Linda hatte mit Harvey auch wieder ihren Frieden gemacht, jedoch war dieser nun seit einiger Zeit im Auftrag der London Times schon unterwegs. Herb Adams, ein Mitarbeiter aus Phil Evens Redaktion, bat Harvey darum, er solle Maksym Gucci Lasarow und vor allem Phil Evens suchen. Harvey war sich jedoch sicher, dass der Weg zu Phil nur über Gucci führt. Nachdem er zunächst bei Johnny im Crazy Pelikan noch einmal vorstellig wurde, besorgte sich Harvey ein Flugticket nach Honolulu. Nach ca. 6 Std. Flug landete Harvey auf dem International Airport und checkte nicht weit vom Airport in einem der dortigen Hotels ein. Am Abend nach dem Dinner zog Harvey los, um sich in den Clubs in Honolulu nach Gucci zu erkundigen. Er fragte die Taxifahrer nach Locations wo man überwiegend Homosexuelle oder Transgender antreffen würde. Harvey trug eine weiße Hose und darüber ein blau gemustertes Hawaii-Hemd. Auf dem roten Wuschelkopf platzierte er eine grellblaue verspiegelte Sonnenbrille und zu allem Überdruss trug er zitronengelbe Chucks zu diesem Outfit. So wie Harvey auftrat, hätte er den Taxifahrern nicht sagen müssen, welche Art Bars er suchte und er wäre trotzdem in den richtigen Locations gelandet.

Als er in der dritten Bar, die er an diesem Abend besuchte, nach einem gewissen Gucci fragte, bekam Harvey erste Hinweise:

„Ja, ich habe vor einigen Monaten mit einem Gucci zusammengearbeitet. Das war ein langes dünnes Wesen mit wohlgeformten weiblichen Brüsten und einem kahl geschorenen Schädel."

„Kannst du mir sagen, wo ich Gucci finden kann?"

„Keine Ahnung! Das war in Waikiki am Tonggs Beach in einem Privat Club."

„Wie heißt der Laden?"

„White Kakadu."

„Vielen Dank, was kostet der Gin?"

„Zwölf Dollar fünfzig"

„Dreizehn, ist OK!"

Harvey nahm sich ein Taxi.

„Zum White Kakadu bitte."

„Waren sie dort schon einmal Mister?"

„Nein!"

„Aber sie sind sicher, dass sie dort hinwollen?"

„Ja."

„Na, dann!" Meinte der Taxifahrer und fuhr los.

Das Taxi hielt vor einer Villa, weiß, groß, pompöser Eingang. Jedoch nicht wie üblich bunte Leuchtreklame. Es gab neben der großen Pforte ein Messingschild, worauf eingraviert geschrieben stand 'White Kakadu – Members only'. Darunter ein Klingelknopf. Als sich die Tür öffnete, stand Harvey einem Hünen gegenüber. Mindestens zwei Meter hoch, so breit wie ein zweitüriger Kleiderschrank.

„Was willst du Zwerg denn hier, hast du dich verlaufen, ist hier in der Nähe vielleicht ein Maskenball? Hau ab du Ratte, sonst muss ich den Kammerjäger holen."

„Sorry Sir, ich suche nach einem gewissen Gucci."

„Hier gibt es keinen Gucci, hau ab du Ratte."

„Aber man hat mir gesagt, dass Gucci hier gearbeitet hätte."

„Was willst du denn, wer bist du eigentlich?"

„Ich heiße Harvey Ellis und bin Journalist bei der London Times."

„Journaille? Wusste ich doch, dass du eine Ratte bist! Ich habe eine Nase dafür. Hau jetzt ab hier, ich lasse dich sonst vom Kammerjäger totschlagen, du Ratte."

Harvey tat gut daran nun seinen Rückzug vorzubereiten und er ging über den mit weißen Kieselsteinen gestalteten Weg zurück zur Straße.

Dort stand das Taxi, mit dem Harvey zuvor zum White Kakadu kam, so als würde der Fahrer auf Harvey warten.

„Wusste ich doch, dass ich hier auf sie warten kann! Zurück in die City?"

„Ja bitte zum Pacific Marina Inn."

„Nichts gegen ihr Outfit: Das war mir aber klar, dass sie im White Kakadu falsch sind, obwohl man die Leute nicht an ihrem Äußeren bewerten soll. Da gibt es Mitglieder im White Kakadu Club, die sehen noch schlimmer aus als sie."

„Was ist das eigentlich für ein Laden?"

„Der White Kakadu Club, das ist ein Club indem nur die reichsten dieser Welt verkehren. Minimum Multimillionär musst du sein, dann gehörst du aber zu den armen im Club. Eigentlich ist das ein Milliardär Club. Aber wenn sie das nicht wussten, was zum Teufel hat sie dort hingeführt."

„Ich suche einen Bekannten, den ich in Los Angeles im Crazy Pelikan getroffen habe und man sagte mir, ich könne ihn im White Kakadu treffen."

„Da hat sich wohl jemand einen Scherz mit ihnen erlaubt, wer soll das denn sein, dieser Bekannte?"

„Maksym Lasarow aber alle nennen ihn nur Gucci"

„Ein Gucci ist im White Kakadu wirklich einmal verkehrt. Das war ein ziemlich großes und schlankes

Wesen. Nicht Mann nicht Frau, ein Paradiesvogel halt mit osteuropäischem Akzent."

„Ja, das ist Gucci. Aber sagen sie, wenn das ein Milliardär Club ist, wieso konnte Gucci dann Zugang bekommen?"

„Sie leben wohl wirklich hinter dem Mond, schön, wenn sich ein Mensch soviel Naivität bewahren kann."

„Wie meinen sie das?"

„Menschen die soviel Geld haben, die sich alles leisten können, für die Nichts einen Wert hat, solche Menschen suchen das Außergewöhnliche. Und Gucci war außergewöhnlich. Die haben sehr, sehr hohe Summen zum Beispiel darauf verwettet, ob dieser Gucci mehr Männlein oder mehr Weiblein ist. Dann haben sie sich mit ihm vergnügt, um herauszube-kommen in welche Richtung sie wetten sollen."

„Was meinen sie mit vergnügt?"

„Treiben sie mich bitte nicht in den Wahnsinn. Die haben es halt mit dem Wesen getrieben. Mann, sind sie so blöd? Die sind mit Gucci ins Bett gegangen, in die Sauna, was weiß ich? Sex, wissen sie, Sex. Das ist was diese Milliardäre im Club treiben. Saufen. Spie-len und Sex. In Köln wo ich geboren bin heißt das: Saufe, poppe, Karte kloppe. Verstehen Sie jetzt."

„Ja ich glaube, ich verstehe sie. Und dann wurde es den Damen und Herren wohl mit Gucci zu langweilig und die haben ihn ausgetauscht gegen neue Exoten, oder?"

„Nein, das war anders. Jetzt wird es spannend. Gucci kannte ein Geheimnis, das wurde ihm angeblich von einem britischen Journalisten namens Harvey Ellis in Los Angeles erzählt. Ich weiß nicht, um was es ging, aber für die Club Mitglieder im White Kakadu war es wohl elektrisierend. Die Geschichte war wohl so unglaublich, dass Gucci zunächst in Ungnade fiel. Aber wie gesagt, im White Kakadu verkehren nur die reichsten und einflussreichsten Menschen dieses Planeten. Da gibt es auch eine ganze Reihe Damen und Herren die Kontakte bis zu ihren jeweiligen Präsidenten haben. Und von der Präsidentin Amerikas, als auch vom russischen und chinesischen Präsidenten bekam man wohl Bestätigungen, das Gucci's Geschichte stimmt. Auf jeden Fall, hat man Gucci im White Kakadu nicht nur wieder aufgenommen, sondern man hat in oben im Penthouse in einen goldenen Käfig gesperrt. Man wollte damit vermeiden, dass Gucci, sein Geheimnis nicht auch an andere zwitschert."

„Wissen sie ob Gucci noch immer im White Kakadu gefangen ist?"

„Nein, definitiv nicht. Da war ein Chirurg im White Kakadu, der Gucci angeblich einen großen Wunsch erfüllt hätte. Der hat ihn endgültig zur Frau umgebaut. Aber ob es wirklich ein großer Wunsch

Gucci's war, oder ob der Chirurg nur hohe Summen darauf verwettet hat, dass Gucci eine Frau ist, das ist bis heute nicht geklärt. Was geklärt ist, das ist die Tatsache, dass Gucci weg ist. Angeblich hat man eine ganze Garde Aufpasser engagiert, die Gucci auf Schritt und Tritt bewachen, damit er das Geheimnis nicht weiter erzählen kann."

„Weiß man, wo sich Gucci aufhält?"

„Auch darüber gibt es nur Gerüchte. Kennen sie Chanel?"

„Das Parfüm?"

„Nein, dieser neue Gesangsstar in Las Vegas. Diese atemberaubend große Blondine mit der rauchigen Stimme und dem osteuropäischen Akzent. Diese Diva, die singt wie einst Lale Andersen in den 40er und 50er Jahren des letzten Jahrhunderts im vergangenen Jahrtausend."

„Ja, ich habe von ihr gehört, diese Frau muss sensationell sein und seit mehr als einem halben Jahr sind ihre Vorstellungen täglich ausverkauft."

„Genau, und es halten sich hartnäckig Gerüchte, dass Chanel und Gucci ein und dieselbe Seele sind. So hier ist das Pacific Marina Inn. 45 Dollar."

„Moment bitte, lassen sie mich aussteigen, dann komme ich besser in meine Hosentasche."

Harvey stieg aus, ging zur Fahrerseite und gab dem Taxifahrer eine 100 Dollar Note durch das offene Fahrerfenster.

Während er auf sein Wechselgeld wartete, fragte Harvey:

„Sagen sie mal, woher weiß denn ein Taxifahrer all diese Interna des White Kakadu? Oder haben sie mir gerade einen Riesen Bären aufgebunden?"

„Nein mein Herr, die Geschichte konnte ich ihnen erzählen, weil ich selbst einst Mitglied im White Kakadu war. Ich war zwar nur einer der kleinen Multimillionäre, aber das ist eine andere Geschichte. Um es kurz zumachen: Mein Name ist Hennes Klingelpütt, geboren in Köln am Rhein. Ich hatte ein Startup und machte in relativ kurzer Zeit Millionen über Millionen. Dann wollte ein Chinese meinen Laden kaufen. Als ich das ablehnte, crashte der meine Aktien und mir blieb nichts. Das einzige was er mir gelassen hat, das war dieses Taxi und ein Penthouse mit Seeblick. So geht das in dieser feinen Gesellschaft."

Harvey sagte im Weggehen, dass es ihm leidtäte, was dem Taxifahrer widerfahren wäre. Er war schon fast im Hotel Eingang verschwunden, als der Taxifahrer rief:

„Und sie, wie heißen sie?"

„Harvey Ellis ist mein Name, Harvey Ellis."

Noch in der Lobby des Hotels hörte Harvey den Taxifahrer rufen:

„Sie sind Harvey Ellis, dann warten sie doch bitte einen Moment. Hey warten sie, Sie sind Harvey Ellis?"

Ω

Noch bevor Harvey zu Bett ging, buchte er online ein Flugticket von Honolulu nach Las Vegas. Am nächsten Morgen war Harvey ungewöhnlich früh auf den Beinen. Er packte seine Siebensachen in den alten Seesack und bestellte sich ein American Breakfast auf sein Zimmer. Er trug wieder die Zitronengelben Chucks, dazu aber heute eine Levis 501 und ein weißes T-Shirt mit dem Aufdruck: „I like Johnny W. the Scotch". Nach dem Frühstück erkundigte sich Harvey, wann der Hotel Shuttle Bus zum Airport fahren würde. Harvey entschied sich bewusst für den Bus, um dem Risiko aus dem Weg zu gehen, dass eventuell Hennes Klingelpütt auftauchen könnte, wenn er ein Taxi nehmen würde. Am Flughafen wurde schon kurz nach Harvey's Ankunft zum Boarding aufgerufen. Harvey stand nun in einer Schlange zwischen sehr gut gekleideten Damen und Herren. Harvey stach in seinem Outfit und seinem Seesack in der Reihe der Wartenden heraus, wie ein Mückenschiss auf einer blütenweißen Tischdecke. Ein sehr großer und eleganter Herr, der hinter Harvey stand und meinte,

„Sir, glauben sie, hier richtig zu stehen? Das Economyclass Gate ist dort drüben auf der anderen Seite."

Harvey erwiderte nicht. Zumal er bereits in Höhe der Stewardess angekommen war, die am Gate die Tickets checkte.

„Guten Morgen Mister Ellis, schön sie begrüßen zu dürfen, ich wünsche ihnen einen guten Flug und einen angenehmen Aufenthalt an Bord."

Anschließend hörte Harvey die Stewardess zu dem eleganten Herren sprechen.

„Das tut mir leid Sir, aber dieses Gate hier ist nur für First Class Reisende, die Businessclass wird dort drüben mit den Economie Reisenden abgefertigt."

Harvey drehte sich zu dem eleganten Herrn um und sagte mit breitem Grinsen:

„Dort drüben Sir, am Economie Gate, hier nur für First Class Reisende."

Am frühen Abend landete Harvey in Las Vegas. Er ließ sich zum MGM Grand bringen, wo er ein Zimmer reserviert hatte. Im MGM Grand Palace trat all-abendlich Chanel vor mehr als 17000 Zuschauern auf. Die Konzerte von Chanel waren seit Monaten ausverkauft, jedoch hielt das MGM Grand stets Karten für Hotelgäste zurück. Die Show begann gegen 22:00 Uhr und Harvey saß in der ersten Reihe in der Mitte der Bühne. Und dann erklang die Melodie zu 'blaue Nacht, blaue Nacht im Hafen' und in atemberaubender Garderobe betrat Chanel die Bühne, sie Sang mit dunkler warmer Stimme und ging ziemlich mittig über die Bühne in Richtung Publikum. Am Bühnen-rand stehend blickte sie in das Publikum und man konnte sehr gut spüren, dass Chanel im Publikum irgendetwas wahrgenommen hatte, dass sie dort nicht vermutete. Harvey saß quasi unmittelbar vor Chanel, die vom Bühnenrand zu ihm herabschaute. Ob diese große blonde Frau wirklich Gucci sein soll, Harvey war sich unsicher. Die Figur ja, der Gesang verbarg den Akzent, das Gesicht war jedoch sehr weiblich, aber es war auch extrem stark geschminkt. Harvey genoss die Veranstaltung und als Chanel dann zum Finale das Lied 'Lilly Marleen' anstimmte, bekamen alle 17000 Konzertbesucher eine dicke Gänsehaut.

Harvey lag die halbe Nacht wach im Bett und versuchte sich vorzustellen, ob diese Chanel wirklich dieser Gucci sein könnte. Er wusste es nicht, tendenziell aber eher nicht.

Als Tags darauf ein Zimmermädchen darum bat, das Zimmer machen zu dürfen, öffnete Harvey und bat darum im Sessel sitzend im Zimmer warten zu dürfen. Als das Zimmer fertig war, drückte Harvey der Zimmer Maid eine 10 Dollar Note in die Hand, als diese zu Harvey's Erstaunen ihrerseits Harvey einen kleinen Umschlag in die Hand drückte. Harvey öffnete den kleinen Brief und las:

»Komm heute Nachmittag um 17:00 Uhr in die Whiskey Bar neben der Hotel-Lobby. Setze dich in den Sessel neben dem Piano. Es wird jemand auf einem Barhocker sitzen. Warte bis derjenigen die Bar verlässt. Folge der Person, ohne diese anzusprechen.

Du wirst genau wissen, wem du folgen sollst, falls du dich das gerade in Gedanken fragen solltest.«

Harvey stand da in seinem Hotelzimmer und hielt den kleinen Brief mit zittrigen Händen. Er schaute auf die Uhr. 10:30 Uhr! Noch mehr als sechs Stunden. Die Zeit wollte nicht mehr vergehen. Harvey war aufgeregt. Wen würde er am Nachmittag treffen? Oder ist das eine Falle, in die man ihn lockt. Aber warum Falle, hatte er etwas zu befürchten? Noch einmal nahm er das kleine Briefchen. Erst jetzt fiel ihm ein kleiner in das Papier geprägter Kakadu auf. Kann es wirklich sein, dass es etwas mit dem White Kakadu zu tun hat? Oder ist das nur ein Zufall? Bing Wittkamp und die Kakadus, das war eine Band, mit der Lale Andersen in den 1960ern auftrat, die hatten den Hit 'auf die Bäume ihr Affen'.

12:30 Uhr! Immer noch fünfeinhalb Stunden.

Ω

Es war 16:30 Uhr als Harvey die Whisky-Bar betrat. Er setzte sich in den großen ledernen Sessel neben dem Piano und wartete sehr angespannt.

An der Bar saß ein untersetzter nicht allzu großer Mann und trank einen Martini. Er aß die grüne Olive, glitt vom Barhocker und ging zum Ausgang. Sollte Harvey diesem Gast folgen? Kann nicht sein, dachte Harvey und er hat deswegen nur kurz gezuckt, sich dann aber wieder in den Sessel fallen lassen. Es war kurz vor fünf als eine sehr dünne und große Gestalt an die Bar kam und sich lässig mit einer Arschbacke auf einen Barhocker setzte. Der Typ war begleitet mit einer knallengen Bluejeans. Darüber trug er einen weißen Sweater, die Kapuze über den Kopf gezogen. Von der Statur betrachtet, konnte das durchaus Gucci sein. Bei einem Blick auf die knallenge Hose kamen Harvey jedoch Zweifel. Wenn das Gucci ist, dann hat er aber wirklich große Verluste hinnehmen müssen. Dann schob der Typ ganz kurz die Kapuze zurück. Harvey erschrak, dort an der Bar saß tatsächlich der kahlköpfige Gucci. Mit dem Sweater kaschierte er wohl den üppigen Busen, den Harvey in der Show im MGM Grand Palace bewundern konnte. Weiter unten war das jedoch eindeutig nicht mehr Gucci, sondern Chanel. Punkt fünf erhob sich der Typ vom Barhocker. Am Ausgang der Bar standen plötzlich zwei Kraftprotze in Motor Gang Kutten. Die zwei gingen durch die Halle, Gucci folgte den Beiden und Harvey folgte Gucci. Vor dem Hotel stand ein streched Hummer. Einer der Rocker öffnete Gucci die Tür und winkte Harvey, er soll sich beeilen. Der andere der zwei Rocker saß im Führerhaus und startete den Hummer.

„Hey Harvey, was machst du hier in Las Vegas?"

„Ich möchte mein Honorar abholen! Mein Honorar für die Informationen, die ich dir bei unserem letzten Treffen im Crazy Pelikan gegeben habe."

„Für den Schwachsinn, den du mir im Vollsuff gelabert hast, Honorar?"

„Hör mal Gucci, für den Schwachsinn hast du gut und doppelt kassiert."

„Wie kommst du darauf Harvey?"

„Gucci, nun hör bitte mit dem Versteckspiel auf, du hast eine sehr gute Bezahlung von Phil Evens von der London Times bekommen und nun machst du Millionen als Chanel. Übrigens ne gute Show, die du da ablieferst."

„Wie kommst du denn jetzt darauf?"

„Das habe ich im White Kakadu erfahren."

„Ich lache mich kaputt, in das White Kakadu, da lassen sie doch Typen wie dich nicht hinein."

„Du kennst den Laden also, warum machst du so ein Geheimnis um deine Auftritte als Chanel."

„Harvey hör zu, ich bin nicht Chanel, ich bin Gucci. Können wir uns darauf nun bitte verständigen?"

„OK, ist ja schon gut. Dann möchte ich einmal eine andere Frage stellen. Wo ist Phil Evens? Weißt du, wo Phil Evens ist?"

„Woher soll ich wissen, wo Phil Evens ist, ich habe mit Phil's Verschwinden nichts zu tun."

„Du weißt also, dass Phil verschwunden ist? Woher weißt du das, das hat in keiner Zeitung gestanden. Gucci, was weißt du von Phil's Schicksal."

„Harvey, vielleicht habe ich wirklich etwas gut zu machen bei dir, was ich dir jetzt sage, das hast du aber nicht von mir. Kann ich mich darauf verlassen?"

„Darauf kannst du dich verlassen, seit der letzten Nacht mit dir im Crazy Pelikan trinke ich keinen Alkohol mehr. So etwas wie damals passiert mir nicht mehr."

»Also gut! Als du mir die Sache mit dem Asteroiden erzählt hast, habe ich zunächst gedacht, was für einen Scheiß erzählt der mir denn da im Suff. Aber am nächsten Tag habe ich auf einmal Angst bekommen, Angst davor, dass die Geschichte stimmen könnte und niemand etwas tun würde, um diese Katastrophe zu verhindern. Dann habe ich Phil angerufen und der war sofort Feuer und Flamme. So eine Sache bekäme man als Redakteur nur ein einziges Mal im Leben auf den Schreibtisch. Als ich Phil dann auch über Steve Hernandez und Sergej Ustinow berichtet hatte, da gab es kein Halten mehr. Er bot mir diese immens hohe Honorarsumme an und ich hatte auf einmal nur noch Dollarzeichen in den Augen. Als er das Geld überwiesen hatte, habe ich das Geld von der Bank abgeholt und bin nach Honolulu geflogen.

Dort wollte ich eigentlich mit dem Geld eine Bar er-
öffnen und die Südsee genießen. Aber kaum war ich
in Honolulu gelandet, dann hatte mich auf dem Weg
zum Hotel, der Taxifahrer bequatscht. Ich wäre so ein
außerordentlich exotischer Typ, ob ich denn nicht
Lust hätte in einem der exklusivsten Clubs der Welt
den Toy-Boy zu spielen. Als ich zum ersten Mal im
White Kakadu war, hat sich zuerst eine Frau an mich
herangeschmissen. Wie sich später herausstellte, war
das die Gattin eines der Milliardäre, der als Chirurg
in teuersten Privatkliniken tätig war. Hauptsächlich
in Saudi-Arabien. Dann haben sich auch die Männer
an mich herangemacht, in dem Laden ging es zu wie
Sodom und Gomorrha. Du weißt, dass ich kein Kind
von Traurigkeit bin, aber was dort abgeht, das habe
selbst ich nicht für möglich gehalten. Und Geld, Geld
spielt dort keine Rolle. Die Leute dort suchen aber
ständig nach einem neuen Kick und schon bald hatten sie von mir genug. Ich hatte mich aber an diesen
unerhörten Luxus sehr schnell gewöhnt und ich
merkte wie ich immer uninteressanter für die Damen
und Herren wurde. Als ich nun eines Abends an der
Bar saß und sah, wie sich die Gesellschaft langweilte,
da habe ich begonnen, deine Geschichte zu erzählen.
Aber relativ schnell erwähnte einer, dass er diese Sache in der London Times gelesen hätte, dass jedoch
umgehend Dementis von der NASA, ROSKOSMOS
und CNSA gekommen wären und sich die Nachricht
als Zeitungsente herausstellte. An diesem Abend haben sie mich dann vor die Tür gesetzt und ich habe
mich in einem Hotel eingenistet. Komischerweise

kam ein paar Tage genau der Taxifahrer zu meinem Hotel, mit dem ich bei meiner Ankunft in Honolulu schon gefahren war. Er sagte mir, dass man mich im White Kakadu sprechen wolle. Ich habe dann meine Sachen gepackt und bin mit dem Taxi zum White Kakadu gefahren, wo an diesem Tag eine sehr ernste und gar nicht ausschweifende Stimmung herrschte. Ich musste vor einer Gruppe Damen und Herren Rede und Antwort stehen. Was sie am meisten interessierte, das war die Frage nach meinem Informanten. Grund war wohl, dass man unabhängig vom russischen Präsidenten und der amerikanischen Präsidentin eine Bestätigung bekam, dass die Geschichte der Wahrheit entspricht. Das sind wirklich sehr einflussreiche Leute dort im White Kakadu. Das musst du mir glauben. Aber ich sagte nur, dass ich die Info von einer flüchtigen Bekanntschaft hätte, deren Name ich nicht kennen würde«.

„Und wie ging es dann weiter? Und sag mal, kennst du den Namen von diesem Taxifahrer?"

„Das ist ein gewisser Hennes Klingelpütt, ein Deutscher. Der war wohl sogar einmal Member im White Kakadu, bevor er bei einem der chinesischen Milliardäre in Ungnade gefallen ist. Seitdem tanzt der nach der Pfeife dieses Chinesen. Zunächst wollte ich das auch nicht verstehen. Jedoch nachdem die im White Kakadu eine Bestätigung hatten, dass die Welt wirklich bedroht ist, da war es mit meiner Freiheit irgendwann zu Ende. Sie haben mich im Penthouse des Clubgebäudes eingesperrt und ich war gefangen wie in einem goldenen Käfig. Ich bekam alles, was ich wollte, nur meine Freiheit nicht. Ich habe in dieser Zeit zum ersten Mal gemerkt, wie langweilig es ist, wenn du alles hast außer deiner Freiheit. So etwas wie Selbstbestimmung merkte ich eigentlich nur, wenn die Frau dieses Chirurgen zu mir ins Penthouse kam. Die habe ich dann immer etwas zappeln lassen und habe mir das Gefühl geholt, dass nicht sie mich, sondern ich sie in Anspruch nahm. Das ging solange gut, bis ihr Gatte dahinter kam, wo sich die Lady vergnügte. Der hat sich dann durchgesetzt, dass ich aus dem goldenen Käfig verbannt werden sollte. Man hat eine ganze Horde Aufpasser engagiert und mich nach Las Vegas abgeschoben. Doch bevor ich endgültig nach Las Vegas ausgeflogen wurde, da hat sich dieser Chirurg noch an meinem Vergnügungszentrum zu schaffen gemacht."

„Also bist du Chanel?"

„Harvey, das Thema haben wir zu Beginn unserer Tour abgehackt."

„Und die zwei, die uns hier herum chauffieren, sind das deine Aufpasser?"

„Nein, das sind Freunde aus der Ukraine, hin und wieder gelingt es mir, meinen Aufpassern für ein paar Stunden zu entkommen. Aber eben auch nur, indem ich in diesem streched Hummer durch die Stadt gefahren werde. Aber vielleicht wissen die Aufpasser auch, dass ich nur in diesem Auto sitze und sie verhalten sich deswegen ruhig, vielleicht verfolgen sie uns aber auch schon die ganze Zeit."

„Und du weißt wirklich nicht wo Dr. Hernandez, Dr. Ustinow und Mr. Phil Evens abgeblieben sind."

»Harvey, an einem Tag, noch im White Kakadu lag ich auf der Terrasse des Penthouse, als sich auf dem Balkon darunter einige Leute aus dem White Kakadu Vorstand unterhielten.

Sie Beschwerden sich über die drei Raumfahrtorganisationen NASA, ROSKOSMOS und CNSA. Sie erzählten, dass man seit Monaten keine Fortschritte bezüglich der Asteroiden Abwehr machen würde und man sich mehr über nationale Egoismen streiten würde, als dass man diesen scheiß Asteroiden aus seiner Bahn schießen würde. Unmengen Geld würde man dort in einem Berg in der Nähe von Genf verschwenden um die Projekte Moon Village und Mars Traveller voranzutreiben und den Asteroiden würde man auf die Erde zu rasen lassen, ohne effektiv dagegen vorzugehen. Mehr als 30 Wissenschaftler aus Amerika, Russland und China würden dort zusammenarbeiten.

Ich könnte mir vorstellen, dass man Dr. Hernandez, Dr. Ustinow und Phil Evens auch dort kaserniert, um Informationen an die Öffentlichkeit zu vermeiden.

So, wir sind zurück am MGM Grand. Ich habe auch genug gequatscht und hoffe nur, dass meine Aufpasser ruhig bleiben. Ich werde mich jetzt durch einen Seiteneingang in das Hotel bringen lassen. Du bleibst im Wagen sitzen. Oleg fährt dich an einen Taxistand von, wo man dich zurückbringt.«

„OK Gucci, vielen Dank. Sag, bist du Chanel?"

„Harvey, pass auf dich auf. Ich hoffe, wir sehen uns irgendwann einmal wieder im Crazy Pelikan."

Der Hummer fuhr noch ca. eine halbe Stunde bis der Wagen anhielt und sich die Tür öffnete.

„Steig bitte aus, nimm das vorderste Taxi dort drüben. Lass dich zum MGM Grand fahren, das Taxi ist bezahlt."

Harvey ging direkt auf sein Zimmer. Er bestellte sich beim Room Service eine Kleinigkeit zu essen, nahm sich eine Coca Cola aus der Minibar und schaltete den Fernseher an, um die Abendnachrichten zu schauen. Zum Ende der Nachrichten berichtete der Sprecher, dass heute Abend mehr als 17000 Zuschauer im MGM Grand Palace vergebens auf den Auftritt von Chanel warteten. Nachdem es zunächst sehr widersprüchliche Spekulationen dazu gegeben hätte, erläuterte Chanel's Management soeben auf einer Pressekonferenz, dass Chanel einfach nur unpässlich gewesen wäre. Für die Nächste Show am morgigen Abend bestünde kein Ausfall Risiko. Die Preise für die Karten des heutigen Abends würden selbstverständlich zurückerstattet.

Ω

Nachdem Harvey nun den ersten Teil des Auftrages von Herb Adams erfüllt hatte, machte er einen Termin im Büro der London Times in der London Bridge Street in London.

Bevor er jedoch vom International Airport Los Angeles nach England startete, stattete er Linda Hernandez einen Besuch ab. Harvey erzählte ihr von seinen Erlebnissen in Waikiki und in Las Vegas. Er erzählte von seinem Treffen mit Gucci. Danach berichtete er über die Spekulation, dass Gucci und der neue Star am Sänger Himmel, die wunderbare Chanel, ein und dieselbe Seele wären. Er erzählte Linda von den Spekulationen, dass Steve zusammen mit Sergej und auch Phil in der Schweiz sein könnten. Auch berichtete er Linda von den Mitgliedern des White Kakadu Club, die ganz offensichtlich ebenfalls von der Erdbedrohung durch den Asteroiden Kenntnis hatten.

Harvey landete in London, am 30. März.

Das war der 110. Geburtstag von Helmut Christ, einem Deutschen, der in Gimbsheim am Rhein geboren und in Frankfurt am Main gestorben war.

Davon wusste Harvey jedoch nichts, weswegen es hier eigentlich nichts zur Sache tut. Harvey, der in London geboren wurde, fuhr vom Airport Heathrow, wo er landete, zunächst zum Haus seiner Mutter. Diese wohnt in Stadtteil Brent, in der Nähe des Wembley Stadions. Es ist ein dreistöckiges Haus, in dem sechs Parteien wohnen. Ms. Ellis, die Mutter von Harvey wohnt dort schon, seit ewigen Zeiten Tür an Tür mit einem Mr. Carpendale, dessen Großvater einst ein berühmter Barde war. Harvey hatte seine Mutter nun schon seit Längerem nicht gesehen und die zwei erzählten bis spät in die Nacht. Es war schon nach zwei Uhr, als Harvey ein Taxi bestellte und sich in die Southwark Bridge Street in das Novotel hat bringen lassen. Tags darauf hatte er dann gegen 14:00 Uhr einen Termin bei Herb Adams.

„Hallo Harvey, schön sie kennenzulernen, ich bin Herb."

„Hallo Herb, ich bin Harvey, Phil hat mir von ihnen nie etwas erwähnt."

„Dafür hat Phil von dir ständig geredet. Hauptsächlich, dass er permanent Angst hatte, irgendwann deinetwegen bei 'The Times' herauszufliegen. Ich weiß aber nicht, warum er immer wieder deine Reportagen veröffentlicht hat. Der Gipfel war wohl diese Geschichte über die Tatra Gämsen. Aber egal, erzähle, wo hast du diesen Gucci gefunden?"

Harvey holte ganz weit aus und begann Herb zu erzählen, als er bei Mateo Rodriguez im Salon sitzend davon erfuhr, dass man einen Physiker namens Steve Hernandez vermissen würde. Er erzählte vom Truck Stopp in La Serena und der Situation, als man ihn an der dortigen Air Base aufgebracht hatte. Dann berichtete er von Linda Hernandez und dem Kennenlernen von Gucci im Crazy Pelikan. Auch sprach er über Jonka Novak und das Gucci glaubte, dass Jonka's Freund der Physiker Sergej Ustinow von den Russen verschleppt wurde, weil dieser schwul sei. Danach kamen sie darauf zu sprechen, wie Linda darauf gestoßen ist, dass die Erde von einem Asteroiden bedroht wird. Auch beichtete Harvey, dass er in einer Nacht im Vollrausch an Gucci das Geheimnis um den Asteroiden ausgeplaudert habe. Er berichtete, was er auf Hawaii im White Kakadu erfahren hat, er offenbarte Herb auch das Milliardärs Network. Von seiner Reise zurück gen Osten nach Las Vegas und über sein konspiratives Treffen mit Gucci der höchstwahrscheinlich mittlerweile als die berühmte Sängerin Chanel im MGM Grand Palace auftritt.

Als Harvey all diese Informationen an Herb losgeworden war, da zeigte die Uhr bereits nach Mitternacht. Herb hat die ganze Zeit gespannt zugehört und alles was Harvey erzählte aufgezeichnet.

„Mensch Harvey, das ist die Geschichte meines Journalisten Lebens. Dass was du mir da erzählt hast, das wird unsere Auflage verdoppeln. Ach was, das wird unsere Auflage verdreifachen."

„Herb, wenn du das veröffentlichst, wird das Phil und wahrscheinlich auch mein Leben kosten. Und wie vor Jahresfrist wird man den Wahrheitsgehalt sofort dementieren. Was meinst, du denn was hier in London los sein wird, wenn in der Times steht, dass in weniger als acht Monaten die Welt untergeht."

„Ja Harvey, du hast leider recht. Auch damit, dass man sofort dementieren würde, liegst du absolut richtig. Das wiederum würde der Times dieses Mal extrem schaden. Obwohl, in weniger als acht Monaten wird es die Times und die Menschheit wohl ohnehin nicht mehr geben."

Die Beiden machten nun Feierabend. Herb hatte eine Miniwohnung in der Nähe seines Büros und Harvey lief zum Novotel. Dort wurde er dann so gegen 11:00 Uhr am nächsten Morgen von seinem Mobiltelefon geweckt.

„Scheiße, wer stört mich mitten in der Nacht."

„Harvey, ich bin es, Herb Adams, es ist 11:00 Uhr am Vormittag, von wegen mitten in der Nacht."

„OK, Herb was ist so wichtig, dass du mich aus dem Schlaf reißt."

„Harvey, ich habe einen Auftrag, du musst dringend nach Frankfurt in das Sheraton Airport Hotel. Dein Flieger geht um 13:27 Uhr ab Heathrow, Ticket ist bei British Airways am Schalter hinterlegt."

„Was zum Teufel soll ich in Frankfurt im Sheraton Airport Hotel?"

„Dort hat die Europäische Weltraum Organisation (ESA) und die White Kakadu Foundation für 19:00 Uhr CET zu einer Pressekonferenz geladen und ich habe dich dort für die London Times akkreditiert."

Pünktlich um 13:27 Uhr hob Harvey am Airport Heathrow in Richtung Frankfurt ab.

Ω

Harvey landete am neuen Frankfurter Terminal IV und fuhr mit dem U-Shuttle rüber zum alten Terminal I. Jedoch bevor er mit der Rolltreppe hoch in Richtung Übergang zum Sheraton fuhr, nahm er die Rolltreppe in das Basement um bei McDonalds noch einen Burger zu essen. Als er mit seinem Tablett in der Hand einen Platz suchte, erkannte er an einem Tisch mehrere Bekannte sitzen, die in unterschiedlichsten Dialekten laut diskutierten.

Da war Gretje vom Amsterdam Dagblad, Jacques von der Le Monde, Amadeu von der El Mundo, Julietta von der La Repubblica, Mohammad von der Frankfurter Allgemeine und Adolf von der Wiener Zeitung.

„Hallo Harvey, für wen bist du denn hier akkreditiert."

„Ihr wisst doch, dass ich Weltkorrespondent für die London Times bin!"

Im Chor antworteten die Journalisten aus halb Europa:

„Nach der Reportage über die Tatra Gämsen können wir das gar nicht glauben."

„Aber es ist so. Und so schlimm war die Reportage über die Tatra Gämse nun auch wieder nicht, oder?"

„Na ja, die Leser Stimmen waren vernichtend."

„Sagt einmal, weiß einer von euch, um was es nachher bei der Pressekonferenz gehen könnte?"

„Nein, ganz komisch, es gibt keine Spekulationen darüber, absolut nichts. Aber weil die White Kakadu Foundation mit von der Partie ist, wird wohl eine größere Spende der White Kakadus an die ESA bekannt gemacht werden. Sieht ja so aus, dass auch unsere Redaktionen nicht allzu viel erwarten, wenn ich so in die Runde schaue."

Wieder im Chor kam die Nachfrage: „He Adolf, wie meinst du das?"

„Na ja, aus der erste Reihe hat wohl keiner jemanden geschickt, aber wenn schon nicht die besten Journalisten, dann wenigstens die lustigsten. Ich schmeiße ne Runde Äppler, wer will pur und wer gespritzt?"

Gegen 18:30 Uhr machten sich die sieben Journalisten in Richtung Conference Centrum auf. Obwohl sich mehr als 500 Journalisten angemeldet hatten, fand man im großen Saal, der immerhin 1200 Plätze bot, noch gut Platz. Die Gruppe konnte zusammen bleiben und fand ziemlich weit vorne ausreichend Platz. Auf der Bühne hatten bereits sechs Personen Platz genommen. Den Namensschildern konnte man entnehmen, dass es sich um drei Vorstandsmitglieder der White Kakadu Foundation und drei Direktoren der European Space Agency handelte. Erstaunlicherweise kamen die drei ESA Vertreter allesamt von Deutschland aus dem nahen European Space Operation Center in Darmstadt.

Punkt 19:00 Uhr erhob sich der Delegationsführer der White Kakadu Foundation.

Wang Ái-Boa begrüßte die Journalisten aus aller Welt und wies darauf hin, dass man heute etwas sehr Bedeutendes für die gesamte Menschheit mitzuteilen hätten. In kürzester Zeit, hätte man etwas ganz Großes bewerkstelligt und man wäre sehr, sehr stolz auf die Ingenieurleistung der ESA Mitarbeiter. Stolz wäre man jedoch auch darüber, wie sich die Mitglieder des White Kakadu Clubs an der Bereitstellung finanzieller Mittel für dies, für die Menschheit so außerordentlich wichtigen Projektes beteiligt hätten. Und am meisten stolz würde es machen, dass man dieses so wichtige Projekt, bis zu dem heutigen Tag hätte geheim halten können.

Wang Ái-Boa kam zum Ende seiner Begrüßung:

„Aber nun meine Damen und Herren Journalisten, möchte ich sie nicht länger auf die Folter spannen und ich übergebe das Mikrofon an den General Director der ESA, Herrn Professor Doktor Matthias Gensler."

Gensler erhob sich von seinem Platz, nahm das Mikrofon von Wang Ái-Boa entgegen und startete mit seinen Ausführungen.

„Sehr geehrte Damen und Herren, bevor ich ihnen von einem äußerst wichtigen und sehr, sehr positiv verlaufenden Projekt berichte, möchte ich mich zunächst noch einmal recht herzlich bei den Vertretern von White Kakadu bedanken. Ohne diese Vereinigung, hätten wir zum einen niemals davon erfahren, wovon wir, die Erdbewohner massiv bedroht waren. Zum anderen hätten wir ohne die finanziellen Zuwendungen von White Kakadu, ein solches Projekt niemals realisieren können. Schon gar nicht in der kurzen uns zur Verfügung stehenden Zeit. Aber nun komme ich auf den Punkt meine Damen und Herren. Heute darf ich sie darüber in Kenntnis setzen, dass die Erde von einem auf Kollisionskurs befindlichem Asteroiden bedroht war. Der Asteroid hat einen Durchmesser von mehr als 28 km und ist damit größer als jener, der vor 60 Millionen Jahren die Dinosaurier ausgelöscht hat. Aber wie gesagt, der Asteroid war eine Bedrohung für die Menschheit. Mithilfe der unendlich scheinenden finanziellen Mitteln der White Kakadu Foundation. Sowie der ausgezeichneten Expertise der Wissenschaftler der ESA. Konnten wir in den letzten Monaten eine ausreichende Zahl Aggregate auf dem Asteroiden landen! Nachdem wir diese Aggregate vor zwei Wochen gezündet haben, ist es gelungen den Asteroiden entscheidend von seinem Kollisionskurs abzubringen. Wir können mittlerweile zu 100 % ausschließen, dass der Asteroid von der Erdanziehung wieder eingefangen wird. Vielmehr wird der Asteroid beschleunigt werden und unseren Berechnungen zu Folge unser Sonnensystem in 3 Jahren wieder in die Weiten des Universums verlassen."

Applaus brauste auf und es begann Gemurmel im Saal, bis Professor Doktor Matthias Gensler erneut das Wort ergriff und eine Fragerunde eröffnete.

„Seit wann wissen sie von dem Asteroiden?" War eine der ersten Fragen?

„Vor ca. 18 Monaten haben wir zum ersten Mal davon erfahren."

„Aber das war doch in etwa zu der Zeit, als die London Times über eine solche Gefahr berichtet hat. Diese Meldung wurde damals jedoch umgehend von NASA, ROSKOSMOS, und CNSA dementiert. In wieweit waren diese Weltraumorganisationen mit eingebunden?"

„In unser Projekt überhaupt nicht, auch wir waren von der Nachricht der London Times überrascht und haben bis heute kein Statement darüber, wie es zu dem Dementi kam."

„Aber woher haben sie den Hinweis bekommen, dass es den Asteroiden doch gab?"

„Dieser Hinweis kam von White Kakadu."

„Dann habe ich eine Frage an Herrn Wang Ái-Boa, woher hatten sie Information über den Asteroiden?"

„Aus unserer Club Anlage in Waikiki."

„Und vom wem dort?"

„Das darf ich ihnen nicht sagen, das würde diese Person eventuell in Gefahr bringen."

„Und die NASA hat nicht mitgearbeitet?"

„Nein!"

Dann meldete sich Harvey um eine Frage stellen zu dürfen.

„Mein Name ist Harvey Ellis von der London Times. Stimmt es, dass der Aufprall für den 22. November um 15:18 PST vorausberechnet wurde?"

„Dazu kann ich ihnen keine Angaben machen."

„In welchem Abstand wird der Asteroid an der Erde vorbeifliegen", war eine nächste Frage.

„So nah wie noch kein Asteroid vorher. Er wird in 300 000 km zwischen Erde und Mond hindurchrasen."

„Wird man das mit bloßem Auge beobachten können und von wo auf der Erde?"

„Sie werden dieses Himmelsspektakel überall auf der nördlichen Halbkugel beobachten können, gleich, ob gerade Tag oder Nacht an den jeweiligen Standorten herrschen wird."

Harvey bat Adolf auf seine Tasche aufzupassen.

„Der Äppler, den du mir bei McDonalds spendiert hast, der beginnt gerade mir die Därme zu zerreißen, wenn ich jetzt nicht losrenne, dann erleben die von der ESA hier doch noch eine Katastrophe."

„Ja ich passe auf deine Tasche auf, mach hin. Habe mich schon die ganze Zeit gewundert, was da so stinkt."

„Lass mich in Ruhe Adolf, aber bei der nächsten Flatulenz kommt Grund, befürchte ich."

Harvey war froh, als er endlich die Hose herunterlassen durfte. Auch war er erleichtert, als er sah, dass die Kabinen rechts und links neben ihm alle frei waren. So konnte er sich ohne Rücksicht nehmen zu müssen erleichtern und er fühlte sich, wie neu geboren als die Burger durchtränkt von dem Äppler als braune warme Soße das Weite suchten und ihn unendlich erleichterten. Harvey ging zum Waschbecken und wusch sich die Hände, als zwei Asiaten die Toilette betraten. Die zwei stellten sich rechts und links hinter Harvey auf. Harvey nahm sich, beschlichen von einem Gefühl der Beklemmung sehr viel Zeit und trocknete sich jeden Finger einzeln, jeweils mit einem neuen Blatt Handtuch-Papier. Die beiden Asiaten schauten Harvey mit großer Geduld zu. Als Harvey nichts mehr zu trocknen fand, sagte einer der Chinesen.

„Das wal jetzt abel lichtig glündlich! Sind sie jetzt feltig? Kommen Sie bitte mit, wenn sie koopelativ sind, werden wir ihnen nicht wehtun."

Ω

Die Nachricht über die beinahe Katastrophe eines Asteroiden Einschlages verbreitete sich wie ein Lauffeuer. Schon 15 Minuten nach Ende der Pressekonferenz waren die sozialen Netzwerke voll mit der Nachricht. Am Tag darauf waren in allen großen Gazetten umfangreiche Berichte über die Pressekonferenz und die dort verbreiteten Nachrichten.

In London wurde Herb Adams zu seinem Chefredakteur gerufen, dieser saß mit hochrotem Kopf an seinem Schreibtisch. Dort lagen mindestens 15 Exemplare der aktuellen europäischen Tageszeitungen.

„Herb, wie können sie mir erklären, dass in allen europäischen Gazetten über den beinahe Einschlag eines Asteroiden und von der Pressekonferenz von ESA und White Kakadu berichtet wird. Nur in der London Times kein Wort darüber. Warum verdammt haben wir keinen Journalisten für diese Pressekonferenz akkreditiert?"

„Mr. Ball, wir waren dort durch Harvey Ellis vertreten, aber seit der Pressekonferenz, ist Harvey spurlos verschwunden. Ich weiß nicht, was dort passiert ist."

„Kann mich denn nicht einmal einer meiner Redakteure vor diesem Harvey Ellis verschonen, am Ende kann ich vielleicht froh sein, dass nicht eine Herde Tatra Gämsen die Erde bedroht. Gibt es bei der London Times denn nur diesen Harvey Ellis, zum Teufel?"

„Keiner hatte erwartet, dass ESA und White Kakadu so eine Sensation verkünden, ich habe außer Harvey niemanden gefunden, der nach Frankfurt fliegen wollte. Gestern war doch das Derby zwischen Chelsea und Arsenal."

„Ich möchte in der morgigen Ausgabe einen ordentlichen Artikel darüber sehen. Ist das klar Herb."

„Aber woher soll ich den Artikel bekommen, wenn Harvey nicht auftaucht."

„Dann nimm den Artikel von vor achtzehn Monaten und schreibe, dass wir das was da gestern gesagt wurde, schon vor ein und einem halben Jahr gewusst haben. Und schreibe, dass jedes Mal, wenn wir darüber berichten, einer unserer besten Leute verschwindet. Gibt es eigentlich etwas Neues von Phil Evens?"

„Nein der ist nach wie vor, wie vom Erdboden verschluckt, wie Harvey nun auch. Soll ich wirklich schreiben, dass unsere besten Leute verschwinden."

„Schreiben sie was sie wollen, aber schreiben sie etwas, von wem hatten wir eigentlich vor 18 Monaten den Hinweis bekommen, dass der Asteroid auf die Erde zu rast?"

„Von einem Ukrainer, der in Los Angeles in einer Bar arbeitete. Der Typ hieß Gucci."

„Und wo ist dieser Gucci? Wissen wir das?"

„Angeblich tritt dieser Gucci nun als Chanel in Las Vegas auf."

„Diese rattenscharfe Sängerin, die im MGM Grand Palace auftritt, das soll unsere Informantin sein? Das will ich morgen in unserer Sonntagsausgabe lesen.

- die verführerische Chanel hat der London Times schon vor 18 Monaten über den Asteroiden berichtet!- warum haben NASA, ROSKOSMOS und CNSA dementiert?-

Mensch Herb, mit dieser Geschichte kannst du berühmt werden."

„Aber Mr. Ball." „Nix aber, verschwinde und fange an zu schreiben. Um 16:00 Uhr ist Redaktionskonferenz. Dann hast du die Story geschrieben und wirst ein Held."

„Aber Mr. Ball."

„Ich habe dir gesagt nix aber. Entweder bist du morgen der Held oder gefeuert.

Dann darfst du vielleicht beim nächsten Derby zwischen Chelsea und Arsenal den Platz streuen."

Ω

Das was heute weltweit in den Zeitungen und sozialen Netzwerken publiziert wurde, das sorgte allerorten für Diskussionen und ein gewisses Durcheinander. In Berlin im Kanzleramt rief Bundeskanzler Philipp Amthor seinen Vize Kanzler zu sich in das Kanzlerbüro.

„Kevin, von der Sache mit dem Asteroiden hast du doch bestimmt gewusst. Wenn nicht du, wer sonst. Ich habe dich gewarnt, wenn du mich ein weiteres Mal auflaufen lässt, dann kannst du eine Koalition mit den Populisten und den Linken eingehen, dann hör ich hier auf. Dann gehe ich lieber drei bis viermal in der Woche in eine Talkshow, so wie das früher der Wolle Bosbach gemacht habe."

„Philipp, glaube mir, ich war genau so überrascht wie alle, das erste Mal habe ich davon im NTV Nachtprogramm erfahren. Selbst eure CDU Geheimwaffe und Experte für Alles, der Spahn, hat wohl nichts gewusst."

„OK, wenn der Spahn nichts wusste, dann kann ich dir vielleicht glauben."

Das Telefon klingelte und das Sekretariat von Philipp Amthor meldete die amerikanische Präsidentin an.

„Hallo Philipp, wie kann es sein, dass ihr Deutschen einen Asteroiden von seiner Bahn bringt und du sagst mir darüber keinen Ton."

„Celina, glaube mir, ich hatte bis zur Veröffentlichung der Nachricht keine Ahnung davon."

„Was ist mit deinem Vize, diesem Kevin Kühnert, der hat das doch bestimmt gewusst, der weiß doch alles."

„Kevin sitzt hier in meinem Büro und hat mir glaubhaft bestätigt, dass er keine Ahnung hatte."

„Dass der keine Ahnung hat, das weiß ich auch, aber hat der wirklich nichts von dem Asteroiden gewusst?"

„Nein hat er nicht. Und ich glaube ihm, der Spahn hat nämlich auch nichts gewusst."

„Na dann!"

„Aber Celina, wie kann es sein, dass die NASA und ROSKOSMOS von der Sache nichts wusste?"

„Äh, mmh, ja, äh."

„Celina, hat es dir die Sprache verschlagen?"

„Philipp weißt du, die Russen und die Chinesen, ich konnte dich nicht informieren."

„Aber genau ihr seid es doch gewesen, die vor 18 Monaten diesen Times-Artikel dementiert habt."

„Ja, was hättest du denn getan? Stell dir vor was hätte passieren können, wenn wir das nicht dementiert hätten und stattdessen darauf hingewiesen hätten, dass die Menschheit demnächst von einem Asteroiden vernichtet wird. Glaubst du ihr hättet das kontrollieren können?"

„Nein, an diesem Punkt hast du sicherlich recht!"

„Aber warum sagen dir deine Deutschen Wissenschaftler von der ESA nicht, woran sie arbeiten, das darf doch auch nicht sein. Das wäre Mutti bestimmt nicht passiert. Übrigens war die alte Dame mit ihrem Professor bei meinem Neujahrsempfang. Die zwei sind noch flott unterwegs."

„Ja Celina, Mutti ist wirklich noch gut drauf, die kommt hier im Kanzleramt immer wieder vorbeigeschneit, wenn sie in Berlin beim Friseur einen Termin hat. Dann macht sie mir immer Mut und meint »Philipp wir schaffen das«. Aber jetzt zurück zum Thema: Wie verträgt sich das denn, dass eure NASA mit den Russen und den Chinesen kooperieren aber dieser Wang Ái-Boa das gesamte Geld von White Kakadu Foundation der ESA zur Verfügung stellt?"

„Philipp, wir können froh sein, dass es der ESA gelungen ist, den Asteroiden von seiner Bahn abzulenken. So haben wir nun ein wenig Zeit um Antworten auf die vielen offenen Fragen zu bekommen. Ich gebe dir den guten Rat: Pass auf deine Wissenschaftler besser auf. Die musst du kontrollieren, bevor sie sich verselbstständigen. Lass uns die Sache auf die Agenda des nächsten G 20 Gipfel setzen, dort sind wir alle zusammen."

„So machen wir das Celina, bis dann. Peace."

Ω

Auch im Untergrund in der Schweiz schlug die Nachricht wie eine Bombe ein. Zudem hat die Nachricht das ohnehin bis zum Rand gefüllte Fass an Frust, Streitereien, Nationalstolz und Kompetenzgerangel zum Überlaufen gebracht. Die Hemmungen zur gegenseitigen Rücksichtnahme sind mit dem Überlaufen des Fasses in die Gosse gespült worden.

„Das war doch von vornherein klar, dass man mit den Chinesen nicht zusammenarbeiten kann", eröffnete Wladimir Popow.

„Warum schießt du nun direkt gegen uns?" Erwiderte Leong Wu-Min.

„Kannst du mir erklären, warum wir hier mit euch Chinesen zusammenarbeiten und gleichzeitig arbeitet auch ein Chinese mit der ESA zusammen und scheißt die mit Geld zu? Und dieser Chinese ist kein geringerer als dieser Wang Ái-Boa."

„Das kann ich dir doch nicht sagen, was habe ich mit Wang Ái-Boa zu tun."

„Nun tue einmal nicht so, als wäre er dir völlig unbekannt. Waren es nicht die Leute von Wang Ái-Boa, die Phil Evens von London hier in die Schweiz gebracht haben?"

„Das eine hat doch mit dem anderen nichts zu tun."

„Das sehe ich anders. Wie siehst du das denn Bob? Du hast doch auch einmal geäußert, dass du das Gefühl hättest, die Chinesen ziehen hier nicht so richtig mit?"

„Konntest du mir das nicht in das Gesicht sagen Bob?" Empörte sich nun Leong Wu-Min in Richtung des Amerikaners.

Steve und Sergej nahmen an der Sitzung ebenfalls teil und auch wenn die Beiden hier eigentlich nichts zu sagen hatten, sagte Steve:

„Ich meine wir sollten froh sein, dass es gelungen ist den Asteroiden von seinem Kollisionskurs abzubringen, das ist doch eher zum Feiern als zum Streiten."

„Hör einmal zu du Schlaumeier, merkst du denn nicht, dass es hier schon lange nicht mehr um den Asteroiden geht. Hier geht es darum, dass uns die Chinesen beschissen haben. Die haben hier scheinbar mitgearbeitet und all das von hier gesammelte Wissen an Wang Ái-Boa weiter gegeben. Und jetzt nehmen die Chinesen für sich in Anspruch, die Welt gerettet zu haben."

„Was ein Quatsch, wir hätten uns doch in das eigene Fleisch geschnitten, es sind doch die Europäer die nun als Weltretter auftreten können. Letztendlich sogar die Deutschen, die haben das doch aus Darmstadt alles initiiert. Dieser Philipp Amthor, der Kanzler, das ist doch nun der Held."

„Der hat doch am wenigsten damit zu tun", sagte Bob.

„Eben darum, es kotzt mich an. Jetzt kommt es wieder zur Belobigung der unbeteiligten. Mein Präsident wird mich nach Sibirien zum Steine kloppen schicken und dich mein lieber Dr. Sergej Ustinow gleich mit."

„Jetzt hört doch endlich auf zu streiten, unsere Präsidenten werden das besprechen. Wir sollten uns einmal Gedanken darüber machen, wie lange wir, mit unseren Wissenschaftlern nun noch hier im goldenen Käfig sitzen bleiben sollen. Die Asteroiden Gefahr ist gebannt und die Welt ist informiert. Also was soll das hier nun noch?"

In diesem Moment ging die Tür auf und zwei chinesische Bodyguard kamen in das Sitzungszimmer.

„Hier ist er, wohin sollen wir mit ihm?"

Wladimir Popow, Bob Smith und Leong Wu-Min fragten im Chor:

„Wer ist das, was soll der hier, wer hat euch beauftragt diesen Gnom hierher zubringen."

„So direkt hat uns niemand gesagt, dass wir den hierher bringen sollen."

„Und warum schleppt ihr den hier an?"

„Den anderen Engländer haben wir doch auch hierher bringen sollen, Wang Ái-Boa sagte uns, wir sollen den roten Engländer verschwinden lassen, der wisse zu viel. Da haben wir doch nichts falsch verstanden? Oder?"

Popow fragte: „Wer bist du denn?"

„Ich?"

„Wer denn sonst, du bist der Einzige, den man hier nicht kennt. Also wie heißt du und was machst du, wenn man dir nicht gerade die Arme auf den Rücken dreht?"

„Mein Name ist Harvey Ellis, ich bin Weltkorrespondent bei der London Times."

Ω

Im Kreml hatten alle Dienste größte Last den Präsidenten zu beruhigen. In ihrer Not haben sie ihn telefonisch mit der amerikanischen Präsidentin verbunden.

„Celina glaube mir, ich werde den Chinesen mit einem Sack Reis erschlagen, diese Ratte hat uns wieder total hintergangen. Wie konnten wir nur annehmen, dass dieser Chinese mit uns gemeinsame Sache macht und das Asteroiden-Projekt finanziell unterstützen wird?"

„Gut Walek, ich verstehe deinen Ärger, aber dass die Chinesen kein Geld in die Schweizer Projekte gesteckt haben, das darfst du so auch nicht sagen. Glaubst du, wir hätten das Projekt Moon Village und Mars Traveller ohne die finanzielle Unterstützung der Chinesen in so kurzer Zeit realisiert?"

„Celina, meinst du dieser Amthor, dieser deutsche Kanzler hat da seine Finger im Spiel?"

„Glaube ich nicht, ich habe mit ihm gesprochen, der hatte keine Ahnung, von dem, was in Darmstadt abging, so abgekocht wie Mutti war, so ist der nicht. Und auch der Kühnert hat diesmal keine Finger im Spiel. Das muss ein Alleingang von dem Weißen Papagei gewesen sein. Mit der Aktion hat sich Wang Ái-Boa an die Spitze der White Kakadu Foundation gesetzt und lässt sich nun als Retter der Welt feiern. Du weißt, die haben alle zusammen mehr Geld, als wir in unseren Haushalten zur Verfügung haben. Walek, glaube mir, das sind die, die uns unsere Macht streitig machen wollen. Wang Ái-Boa, der will nicht Kaiser von China werden, Wang Ái-Boa, der will die Welt beherrschen. Glaube mir das und beruhige dich nun wieder."

„Das soll mich beruhigen? Das bringt mich erst recht in Rasche. Das kann doch nicht sein, dass uns ein chinesischer Milliardär auf der Nase herumtanzt und wir merken das noch nicht einmal."

„Hätte er nichts gemacht Walek, dann wäre in drei Monaten hier auf der Erde das Licht ausgegangen, wäre dir das lieber gewesen?"

„Celina, warum habt ihr Frauen immer recht."

„Weil wir Frauen zwischen den Ohren und nicht zwischen den Schenkeln gesteuert werden."

„Celina, ich bin froh der russische Präsident und nicht die amerikanische Präsidentin zu sein. Ob ich den Chinesen erschlage, das überlege ich mir noch einmal."

Ω

Im Untergrund der Schweizer Berge hatte man beschlossen, dass die Mission der dortigen Wissenschaftler erfüllt sei. Die Arbeit wurde eingestellt und von Tag zu Tag wurde es immer ruhiger. Die Chinesen wurden als Delegation an einem einzigen Tag aus dem Untergrund Hotel abgeholt. Ähnlich war es mit den Russen. Die Amerikaner gingen sehr individuell. Wohl auch, weil diese in alle Himmelsrichtungen und nicht wie die Russen oder Chinesen zurück in die Heimat gebracht wurden. Auch die Sicherheitsleute wurden abgezogen und Steve wunderte sich, dass sich offensichtlich keiner mehr für ihn interessierte. Er bestellte sich ein Abendessen über den Room Service, was noch immer funktionierte wie am ersten Tag. Als man ihm den beorderten Burger auf das Zimmer servierte, wurde dieser jedoch von einem Typen gebracht, der nicht unbedingt wie einer vom Zimmerservice aussah. Auch hatte Steve diesen Typen in all den Monaten, die er jetzt schon hier war noch nie gesehen.

„Guten Abend Herr Dr. Hernandez. Mein Name ist Rüdi Bürgler, ich bin Mitglied des Hotelmanagements, ich möchte ihnen sagen, dass für sie und ihre Freunde die Vollpension noch für zwei Tage bezahlt ist, aber ab 15. September müssen sie hier ausziehen. Zudem sind sie und ihre Freunde die letzten Gäste hier im Hotel."

„Meine Freunde und ich? Welche Freunde meinen sie?"

„Der Russe und die zwei Engländer. Gehören Sie nicht zusammen?"

„Irgendwie gehören wir vielleicht zusammen. Können sie mir die Zimmernummern der Herren geben, dann werde ich den Russen und die zwei Engländer informieren."

„Das ist nett von ihnen Herr Dr. Hernandez. Geben Sie mir Bescheid, wann sie auschecken wollen. Ich zeige ihnen, dann den Weg nach draußen."

Steve aß seinen Burger und anschließend telefonierte er mit den anderen Dreien und bat sie in den Salon zu kommen. Mit Sergej war Steve ja schon seit Jahren vertraut. Phil Evens und vor allem Harvey waren ihm jedoch fremd und Harvey hatte er nur kurz gesehen, als dieser vor ein paar Tagen von den Chinesen in das Sitzungszimmer gebracht wurde. Damals hat Steve noch nicht einmal den Namen von Harvey so richtig mitbekommen.

Steve hatte eine Flasche Wein aus der Minibar und ein paar Gläser mitgebracht.

„Schluck Wein?"

„Ja gerne Herr Dr. Hernandez."

„Ich heiße Steve und du?"

„Ich bin Harvey Ellis! Harvey!"

„Du bist Harvey Ellis, du bist doch dann der Typ, der mich mit meiner Frau betrogen hat? Und dir möchte ich jetzt Wein einschenken?"

„Steve, du hast eine wunderbare Frau, aber niemals wäre ich auf die Idee gekommen, dich mit deiner Frau zu betrügen."

„Bist du schwul, hatte ich das Glück, dass du schwul bist?"

„Das weiß ich nicht so genau."

„Das weißt du nicht so genau, an wen bin ich den hier geraten? Schwul oder nicht schwul zumindest das muss man doch wissen?"

Harvey wurde direkt etwas verlegen und schaute an Steve vorbei zu Sergej.

„Sagen sie Herr Dr. Ustinow, sind sie schwul?"

„Trotz deiner Frage bin ich Sergej, wie kommst du den auf diese Frage?"

„Gucci hat mir erzählt, dass die Russen dich verschleppt hätten, weil du schwul bist. Und er bat mich, das in die London Times zu schreiben."

„Jetzt wird es aber lustig hier, bist du der Hofnarr? Hast du wirklich in die London Times geschrieben, dass Herr Dr. Sergej Ustinow schwul ist? Komm her, ich breche dir dein Genick."

„Nein, hör auf, das hat nicht in der London Times gestanden. Hör jetzt auf, du tust mir weh."

„Lass ihn los, das hat nicht in der Times gestanden, das habe ich nicht veröffentlicht."

„Du hast das nicht veröffentlicht? Wer bist du denn? Ihr Briten haltet doch nur zusammen. Erzähl keinen Scheiß, wer bist du?"

„Das hast du doch mitbekommen als sie mich hierher gebracht haben. Mein Name ist Phil Evens und ich bin der verantwortliche Redakteur der über die Asteroiden Katastrophe vor ca. 20 Monaten berichtet hat."

„Ja, aber Moment einmal. Sagtest du damals nicht auch, dass du die Info von einem Typen namens

Gucci erhalten hast! Ist das der gleiche Gucci der behauptet, dass ich schwul bin?"

„Ja das ist der gleiche der behauptet, dass du schwul bist."

„Und woher weiß Gucci von dem Asteroiden?" Fragte Steve dazwischen?

„Das ist doch scheiß egal", meinte Sergej. „Wie kommt der darauf, dass ich schwul wäre?"

„Das hat Jonka zu Gucci gesagt. Übrigens bei Jonka habe ich gelebt als ich die Reportage über die Tatra Gämsen gemacht habe."

„Aber du sagtest doch, du wüsstest nicht, ob du schwul bist, oder nicht?"

„War ich, hier zulange eingesperrt oder was ist hier los? Woher kennt denn dieser Gucci meinen Jagdführer Jonka Novak?"

„Jonka ist dein Jagdführer Sergej? Du jagst doch immer in Sibirien und nicht in der Hohen Tatra."

„Diesen Jonka Novak, den kannst du hinbestellen, wo du ihn brauchst, aber noch einmal die Frage: Was hat dieser Gucci mit Jonka zu tun?"

„Die zwei waren liiert, bevor Gucci nach Los Angeles gegangen ist und von Jonka hat Gucci erfahren, dass er mit dir Sergej, Weihnachten vor drei Jahren in der Hohen Tatra verbringen wollte. Als du dann dort nicht aufgetaucht bist, hat er von deinen Nachbarn in Sankt Petersburg erfahren, dass man dich in einer Polizeiaktion dort abgeholt und verschleppt hat."

„Ja ich war in der Tat mit Jonka damals über Weihnachten zur Jagd verabredet. Aber deswegen bin ich nicht schwul. Gut, für diesen Gucci war das wegen seiner eigenen Veranlagung wohl naheliegend. Aber andere Frage, woher wusste dieser Gucci von der Asteroiden Bedrohung, dass er das an Phil berichten konnte."

„Das wusste er von Linda Hernandez!"

„Von meiner Frau?"

„Aber Steve, du sagtest mir, Linda nichts von der Asteroiden Bedrohung gesagt zu haben."

„Habe ich auch nicht Sergej. Sag Harvey, wie kommst du darauf, dass Gucci diese Info von Linda bekommen hat."

„Die Info über die Asteroiden Bedrohung hat Gucci nur indirekt von Linda bekommen."

„Was zum Teufel heißt denn nun indirekt, jetzt erzähl bitte einmal am Stück, Harvey."

„Linda hat mit mir über die Asteroiden Bedrohung gesprochen. Sie konnte es einfach nicht mehr aushalten mit dem Gedanken, der einzig in Freiheit lebende Mensch zu sein, der von der Bedrohung wusste. Dann machte sie mich zum Mitwisser. Eines Tages verspürte ich, aber große Lust einmal ausgehen zu müssen. Ich bin im Taxi in das Crazy Pelikan gefahren. Im Crazy Pelikan hat Gucci zu dieser Zeit gearbeitet. Er hat mich betrunken gemacht und im Vollsuff habe ich ihm das Geheimnis verraten. So war es. Danach hat Gucci Phil angerufen und ihm die Story verkauft. Phil's Kontaktdaten hatte er auch von mir. Mit dem Honorar das Gucci von Phil erhalten hat, ist Gucci dann nach Hawaii geflogen und wollte dort eigentlich eine Bar aufmachen. Ist aber irgendwie als Toy-Boy im White Kakadu gelandet. Als die dann den Spaß an ihm verloren haben, hat er die Geschichte von der Asteroiden Bedrohung preisgegeben. Einer der White Kakadu Mitglieder war einflussreich genug und hatte Kontakte bis zur amerikanischen Präsidentin. Die wiederum hat bestätigt, dass an der Geschichte etwas dran ist. Na und dann muss der Chinese Kontakt zur ESA aufgenommen haben. Als dann der Äppler meine Därme fast zum Bersten gebracht hat, haben mich die Chinesen auf der Toilette im Sheraton Airport Conference Center aufgelauert und hierher gebracht."

„Was ist Äppler?"

„Ein Frankfurter Nationalgetränk, Äppelwoi, ganz gefährliches Zeug."

„Du hast es ja überlebt. Aber sage mir bitte, woher Linda die Information über den Asteroiden hatte?"

„Das kam so: Als ich Linda erzählt hatte, dass in Sankt Petersburg ein schwuler Russe namens Dr. Sergej Ustinow verschwunden ist."

„Ich habe dich gewarnt, ich breche dir das Genick, ich bin nicht schwul, verdammt."

„Sergej, jetzt lass einmal gut sein. Erzähl weiter Harvey."

„Als ich ihr also gesagt habe das in Sankt Petersburg der schw…, der Wissenschaftler Dr. Sergej Ustinow verschwunden ist, sagte mir Linda, dass Sergej und Steve an ein und demselben Projekt arbeiten. Sie meinte aber auch, dass der Forschungsauftrag der Observatorien in Chile und Sankt Petersburg eher langweilig seien. Zumindest konnte sie sich nicht vorstellen, dass der Forschungsauftrag mit dem Verschwinden in Zusammenhang stehen würde. Als ich dann bemerkte, dass Sergej Ustinow schwul wäre."

„Harvey, ich breche dir den Hals."

„Sergej, jetzt warte, bitte einen Moment und weiter Harvey."

„Na als ich ihr das mit Sergej sagte und spekulierte, dass Steve deswegen seinen Weihnachtsurlaub eventuell, lieber mit Sergej als mit Linda verbringen möchte."

„Warum sollte ich meinen Weihnachtsurlaub lieber mit Sergej als mit Linda verbringen wollen?"

„Ich lache mich kaputt, Linda glaubte, Steve wäre schwul und würde seinen Weihnachtsurlaub lieber mit mir verbringen, obwohl ich gar nicht schwul bin. Ich kann nicht mehr."

„Sergej, hör auf. Wie kam Linda auf die Asteroiden Bedrohung, Harvey erzähle."

„Linda hat anfänglich zu 100 % ausgeschlossen, dass du Steve schwul wärst. Hat dann aber doch Bedenken bekommen, weil sie sich dein Verschwinden einfach nicht erklären konnte und auch, weil sie weder vom Institut noch von Camp beim Observatorium irgend eine Information bekam. Also hat sie deinen Laptop gehackt und suchte in deinen Mails und Suchverläufen, ob es Hinweise darauf gibt, dass du schwul sein könntest. Sie hat aber nichts gefunden und ist immer tiefer in die abgelegten Dateien eingestiegen. Dort fand sie dann den Hinweis auf die Koordinaten des Asteroiden. Als Doktor der Physik war sie von der Entdeckung elektrisiert und hat wochenlang Berechnungen durchgeführt. Bis ihr klar war, dass der Asteroid auf Kollisionskurs war und am 22. November irgendwann irgendwo auf der Erde einschlagen würde."

Steve atmete ganz tief durch und meinte dann:

„Die Menschheit wurde, dann deswegen gerettet, weil Linda glaubte, dass ich schwul sei."

„Nein", sagte Sergej. „Die Menschheit wurde gerettet, weil Gucci glaubte, dass ich ein Verhältnis mit meinem Jagdführer hätte."

„Sergej, lass uns das später ausdiskutieren. Ich habe euch hier zusammengerufen, um mitzuteilen, dass wir hier spätestens Übermorgen rausmüssen."

Die Frage der anderen, wo man denn eigentlich sei, ob man abgeholt werden würde, wie man denn letztendlich nach Hause käme. All diese Fragen mussten unbeantwortet bleiben.

Man wusste es einfach nicht. Und die vier waren hier unten ganz alleine.

Ω

Steve nahm über die Wechselsprechanlage Kontakt zu Rüdi Bürgler auf.

„Herr Bürgler, wir würden gerne auschecken, jedoch stellen wir uns allesamt die Frage wo wir eigentlich sind und wie wir hier wegkommen?"

„Da machen sie sich bitte keine Gedanken. Ich melde mich in einer halben Stunde und gebe ihnen entsprechende Instruktionen."

Exakt nach einer halben Stunde krächzte die Wechselsprechanlage wieder.

„Hier spricht Rüdi Bürgler. Herr Dr. Hernandez, hören sie mich?"

„Ja ich höre!"

„Gehen sie mit ihren Freunden in den Salon."

„Das sind nicht meine Freunde."

„Dann gehen sie meinetwegen mit dem Russen und den zwei Engländern in den Salon. Dort finden sie für jeden eine kleine Reisetasche. Darin können sie Wäsche zum Wechseln und Hygieneartikel hineinpacken, die sie auf ihrer Reise nach Hause benötigen. Darüber hinaus finden sie in den Taschen je eine Geldbörse mit 300 SF in bar und eine Kreditkarte die auf ihren jeweiligen Namen ausgestellt ist und über einen Kreditrahmen von 25.000 SF verfügt. Das sollte ausreichend sein, um komfortabel nach Hause zu reisen. Ich hole sie in einer Stunde im Salon ab, um sie nach draußen zu führen. Übrigens sind wir in der Schweiz und das Wetter ist sonnig. Die Temperaturen liegen über 20° C."

„OK vielen Dank, ich habe verstanden und sage meinem Kollegen und den Engländern entsprechen Bescheid."

Die vier Männer hatten die Taschen natürlich viel schneller als in Stundenfrist gepackt und saßen nun im Salon und warteten auf Rüdi Bürgler, der genau nach einer Stunde den Salon betrat.

„Bitte bestätigen Sie mir hier den Empfang ihrer Taschen, des Bargeldes und der Kreditkarten."

Nachdem Steve, Sergej, Phil und Harvey die Empfangsbestätigungen unterschrieben hatten, führte

Rüdi Bürgler die Männer zu einem Lift, den sie bislang nicht wahrgenommen hatten. Man fuhr mit dem Lift gefühlt weitere 12 Stockwerke in die Tiefe. Aus dem Lift heraus betraten die Männer eine Tiefgarage.

Die Garage selbst war sehr geräumig, aber es waren nur wenige Automobile hier geparkt.

„Dort, der silberne Audi, der wird sie nach Zürich Glattbrugg zum dortigen Flughafen fahren. Hier haben sie die Key-Card um das Fahrzeug zu aktivieren."

Das Fahrzeug war ein Audi A8 der neuesten Generation. Das Aggregat wurde hybrid mit Wasserstoff und Strom angetrieben und fuhr völlig autonom. Als sich Steve mit der Key-Card dem Fahrzeug näherte, da öffneten sich rechts und links zwei große Flügeltüren und die Männer konnten in die vier wirklich sehr komfortablen Sessel im Inneren des Fahrzeuges einsteigen. Als Steve die Key Card in den in der Konsole zwischen den Sesseln dafür vorgesehenen Einschub steckte, begann das Fahrzeug zu den sich gegenüber sitzenden Männern zu sprechen.

„Hallo, ich bin AudiXA und ich freue mich, sie chauffieren zu dürfen. Wohin darf ich sie fahren?"

„Nach Glattbrugg zum Flughafen!"

„Mein Name ist AudiXA, wohin darf ich sie Fahren?"

„AudiXA, nach Glattbrugg zum Flughafen."

„Wohin darf ich sie bitte fahren?"

„AudiXA, fahr uns nach Glattbrugg zum Flughafen bitte!"

„Gerne fahre ich sie zum Flughafen nach Glattbrugg, aber bitte schließen Sie auch auf Platz zwei
und vier die Gurte.____Vielen Dank! Achtung ich
fahre nun los."

Lautlos setzte sich das Fahrzeug in Bewegung und
steuerte auf das Ausfahrt-Tor zu. Das Tor öffnete sich
und nach mehr als fast drei Jahren sahen Steve und
Sergej erstmals wieder die Sonne. Aber auch Phil und
Harvey setzten Sonnenbrillen auf, um sich vor dem
grellen Licht zu schützen. Der Audi stand nun in einer großzügigen Autobahn Nothaltebucht. Steve, der
in Fahrtrichtung saß, drehte sich um und sah hinter
sich nur eine steil aufsteigende Felswand. In der
Richtung, aus der sie gerade aus dem Berg heraus-
fuhren, war kein Tor zu erkennen. Nur der nackte
Fels war zu sehen. Das Tor war offensichtlich eine
perfekte Illusion. Der Audi wartete auf eine Lücke im
fließenden Verkehr, bevor er auf die Autobahn ein-
bog. Nach wenigen Kilometern auf der Autobahn
passierte der Audi ein Wegschild. Steve konnte lesen
Zürich 203 km. Er fragte:

„AudiXA, wie lange benötigen wir nach Glattbrugg zum Flughafen?"

„Nach Glattbrugg zum Flughafen bitte?"

„AudiXA, wie lange benötigen wir bitte nach
Glattbrugg zum Flughafen."

„Nach aktueller Berechnung benötigen wir noch 1 Stunde 48 Minute."

„Vielen Dank ÅudiXA."

„Gern geschehen."

Der Audi hielt unmittelbar vor dem Eingang des Flughafens:

„Wir haben das Ziel erreicht, bitte lassen Sie die Key Card stecken, damit ich weiter zum Car-Pool fahren kann. Vergewissern Sie sich bitte, dass sie alle ihre persönlichen Sachen an sich genommen haben. Das Schokoladenpapier auf Sitz drei werfen Sie bitte in einen dafür vorgesehenen Abfallcontainer. Vielen Dank und eine gute Weiterreise."

Nachdem die Männer aus dem Fahrzeug ausgestiegen waren, schlossen sich die Flügeltüren, und das Fahrzeug fuhr alleine und lautlos davon.

Ω

Sergej buchte bei der Aeroflot einen Flug mit Zwischenstopp in Moskau. Als er in Sankt Petersburg nach fast sieben Stunden landete, da freute sich Sergej auf sein Zuhause und hoffte sehr, dieses auch noch unversehrt vorzufinden. Nach einer ca. einstündigen Taxifahrt vom Flughafen, war Sergej nach fast drei Jahren wieder zuhause. Er ging die Treppe hinauf und war sehr froh als er an seiner Wohnungstür, das blank polierte Messingschild sah. Dr. Sergej Ustinow stand dort. Der Wohnungsschlüssel passte und als Sergej seine Wohnung betrat, war er angenehm überrascht, wie frisch es roch. Die Heizung lief und die Wohnung war mit 21 Grad angenehm beheizt. Zumal nun Mitte September die Abende in Sankt Petersburg begannen frisch zu werden. Offensichtlich hatte sich jemand um die Wohnung gekümmert, während er in der Schweiz im goldenen Käfig untergebracht war. Als Erstes brühte sich Sergej einen Tee, schenkte sich einen Wodka dazu ein und machte es sich in seiner Wohnstube gemütlich. Er rief beim Observatorium an und meldete sich zurück. Man fragte nicht, wo er denn so lange gewesen sei. Offensichtlich war man im Observatorium informiert. Man fragte lediglich, wann Sergej denn die Arbeit wieder aufnehmen würde, um an seinem Projekt weiterzuarbeiten, immerhin wäre er nun etwas in Verzug geraten. Sergej bat um zwei weitere Tage, in denen er sich gerne wieder an die Normalität gewöhnen möchte, zudem müsse er ein paar Besorgungen machen. Das wäre kein Problem meinte man und am dritten Tag nach seiner Rückkehr in Sankt Petersburg nahm Sergej seine Arbeit im Observatorium wieder so auf, als wäre nichts geschehen.

Ω

Phil flog von Zürich nach London. Sein Business-class Flug dauerte nonstop weniger als 2 Stunden. Nach dem Brexit Chaos vor nun schon gefühlt einer Ewigkeit, war es immer noch ein Abenteuer, auch für Engländer, wieder im Königreich einzureisen. Als Phil beim Zoll seinen Passport vorzeigte, prüfte der Beamte lange, sehr lange, bis er Phil in ein Nebenzimmer bat. Dort betraten nach weniger als fünf Minuten zwei Herren das Zimmer, die sich als Mitarbeiter von Scotland Yard auswiesen. Der eine setzte sich an den Tisch gegenüber von Phil's Platz. Der andere lief nervös im Zimmer auf und ab.

„Mr. Evens, wo waren sie in den letzten Monaten?"

„Warum haben sie sich nicht ordnungsgemäß abgemeldet?"

„Was haben sie im Ausland gemacht?"

„Wieso gab es keine Kontenbewegungen auf ihren Bankkonten, wenn man von den Daueraufträgen einmal absieht?" Und so weiter.

Phil fühlte sich nicht länger als Opfer, die zwei behandelten ihn wie einen Täter.

Er erzählte wie man ihn im Restaurant PingPong bei den Sankt Katharine Docks überwältigt und verschleppt hatte, er berichtete von der Reise im Privatjet von Louton nach Genf, von seiner dortigen Unterbringung und wie man letztendlich zum Flughafen Glattbrugg gebracht wurde. Phill bat auch darum, dass er nun nach dieser langen Zeit gerne nach Hause fahren möchte, um sich auszuruhen. Gerne würde er das alles bei Scotland Yard in der Victoria Embankment noch einmal zu Protokoll geben, aber heute möchte er gerne nach Hause gehen dürfen. Die zwei Typen von Scotland Yard nahmen Phil's Passport an sich und ließen Phill in England einreisen.

Die Taxifahrt in die City, wo Phil in einem kleinen Apartment wohnte, dauerte 1 Stunde 20 Minuten. In dem kleinen Laden an der Ecke seines Wohnhauses kaufte Phil noch ein paar Kleinigkeiten und er war froh als er endlich bei einem Earl Grey und Walkers Shortbread Rounds in seinem riesigen ledernen Sessel in seinem Wohnzimmer Platz nehmen konnte.

Phil machte dann wie zugesagt seine Aussagen bei Scotland Yard noch einmal offiziell. Er bekam seinen Passport dort zurück und er war froh, wieder in London zu sein. Bei der London Times musste Phil nicht länger arbeiten. Dort hatte man für Phil nach seinem 65. Geburtstag die Rente beantragt, die ihm, seit einigen Monaten nun schon pünktlich auf sein Bankkonto überwiesen wurde.

Im Frontline Club, stand Phil mit seiner Geschichte jedoch jeden Freitagnachmittag im Mittelpunkt des Interesses.

Ω

Steve und Harvey buchten gemeinsam First Class bis Atlanta, um von dort mit einem Inlandflug nach Las Vegas und nach Los Angeles weiterzufliegen. Als die American Airline Boeing neuester Baureihe in Zürich abhob, war das schon ein Erlebnis. Die elektrischen Triebwerke waren so gut wie nicht zu hören. Selbst als Steve und Harvey von dem Schub beim Start in die Sitze gedrückt wurden, hörte man nur ein leises Surren und leises Pfeifen. Ansonsten hatte man das Gefühl, in einem Segelflugzeug zu sitzen. Nerviger war für Steve, dass Harvey an einer Tour auf ihn einredete, um im noch einmal seine Story zu erzählen. Wie das war, als er bei Matteo Rodriguez im Saloon davon erfuhr, dass Steve verschwunden war. Sein Erlebnis in La Serena, wie er nach Los Angeles kam und unter welchen Umständen er bei Linda landete. Wie er von dort nach Hawaii reiste und letztendlich erzählte er wie ihn die zwei Asiaten in Frankfurt aus der Herrentoilette verschleppt haben.

Steve war froh, als die Kabinen Beleuchtung gedämpft wurde, um den Passagieren das Schlafen angenehmer zu machen. Das war auch ein Signal für Harvey seinen Redeschwall zu dämpfen und Steve genoss die endlich eingekehrte Ruhe.

Nach der Landung in Atlanta gingen die zwei zur Einreise. Dort wurde Steve direkt durchgewinkt. Harvey wurde jedoch aufgehalten. Er rief Steve noch nach:

„Übrigens Steve, dein Jeep steht in La Serena, bei dem Autohändler gleich links hinter dem Ortsschild, wenn du vom Observatorium kommst."

Steve hob die Hand zum Zeichen des Verstehens und ging zu seinem Abfluggate. Auch Harvey konnte nach etwa einer Stunde in die USA einreisen und kam pünktlich zu seinem Gate in Richtung Las Vegas. Dort wollte Harvey noch mal in das MGM Grand gehen, um Gucci aufzusuchen.

Steve landete nach einem weiteren fünfstündigen Flug müde aber glücklich in Los Angeles. Direkt hinter dem Exit Gate wurde er dort von Linda begrüßt, die ihn in die Arme nahm und herzte und küsste. Die zwei fuhren dann nach Hause nach Santa Monica. Steve schmiss seine Tasche in die Ecke und ließ Linda spüren, dass er in den letzten Jahren in absoluter Abstinenz lebte. Und Linda genoss die Stunden der Zweisamkeit nicht minder.

Aber schnell war auch klar, dass Steve seinen Forschungsauftrag in Chile fertigbringen musste. Da Jerome sein Studium zwischenzeitlich beendet hatte und mit seiner Lebensgefährtin in Los Angeles lebte. Bot sich an, dass Jerome in das Haus seiner Eltern am Meer in Santa Monica einzog. So konnte Linda gemeinsam mit Steve nach Chile gehen. Alleine wollte sie Steve nach nur einer gemeinsamen Woche nicht wieder ziehen lassen. Zudem konnte Linda, Steve bei seinem Forschungsprojekt unterstützen, immerhin war es ja gewaltig in Verzug gekommen.

Steve und Linda flogen nach Santiago und von dort nach La Serena. In La Serena angekommen ließ sich Steve zu dem von Harvey genannten Autohändler chauffieren. Steve stellte sein Gepäck vor die Bretterbude und rief:

„Ist da jemand?"

„Kommen sie rein, was kann ich für sie tun?"

„Mein Name ist Hernandez, ich würde gerne meinen Jeep abholen."

„Welchen Jeep, ich habe keinen Jeep."

„Einen roten Jeep Willys, man sagte mir, der wäre hier."

„Sie machen Witze, sie kommen, um den vor drei Jahren hier einfach abgestellten Jeep abzuholen?"

„Haben sie den Jeep noch? Ich war verhindert und komme erst jetzt aus Europa zurück."

„Ja, der Jeep steht irgendwo ganz hinten am Zaun. Hey Billy, baue doch hinten in den Jeep bitte eine neue Batterie ein und schau mal nach den Reifen. Der Jeep wird tatsächlich abgeholt. Ich glaube es nicht."

Steve lief über den Parkplatz und tatsächlich, da stand der Jeep in der hintersten Ecke. Billy, ein Mitarbeiter des Händlers warf gerade die Motorhaube wieder zu und meinte: „Reifen sind OK und neue Batterie ist eingebaut. Schauen sie, ob die Kiste nach so langer Zeit anspringt?"

Steve setzte sich hinter das Lenkrad, drehte den Schlüssel um und nachdem der Motor ein wenig eierte und jammerte, gab es einen Knall. Aus dem Auspuff stiebt eine blaue Wolke und der Motor lief tatsächlich rund.

Steve fuhr zur Bretterbude, warf das Gepäck auf den Rücksitz und fragte, was er zu zahlen hätte.

„40 Tausend Pesos für die Batterie und 124 Millionen Standgebühr."

„Das ist nicht ihr Ernst?", erwiderte Steve.

„Hören sie, das sind keine 50 Dollar im Monat, immerhin habe ich drei Jahre lang auf ihr Schätzchen aufgepasst."

„Das habe ich jetzt aber nicht passend, würden sie mir eine Rechnung in das Observatorium Camp schicken?"

Als Steve zum Zwecke der Legitimation, nach seiner ID Card kramte, meinte er plötzlich:

„Akzeptieren sie Kreditkarten?"

„Natürlich, das wäre mir ohnehin lieber."

Steve reichte die Kreditkarte über den Tresen und der Händler steckte sie in den Kartenleser. Die grüne Kontrolllampe leuchtete auf und im Display konnte man lesen – Zahlung erfolgt – „Hier ihre Karte. Interessant, dass ihr Amerikaner euer Geld nun in der Schweiz in Sicherheit bringt."

Steve antwortete nicht und steckte die Karte mit einem Grinsen zurück in seine Geldbörse.

Nach einer Stunde Autofahrt sahen Linda und Steve das Observatorium oben auf dem Berg und wenige Minuten später parkte Steve seinen Jeep auf dem angestammten Platz neben dem Wohncontainer.

Er gab Linda den Schlüssel und bat, dass sie die Tür aufschließen möge damit er bereits Gepäckstücke aus dem Jeep mitnehmen könne. Steve griff gerade die zweite Tasche, als er einen in das Mark gehenden Schrei hörte. Er sah Linda vor der Eingangstür stehend und einen Schrei des Entsetzens ausstoßen.

„Linda, das war doch nur eine kleine Maus, die da gerade aus dem Container gerannt ist."

„Eine Maus? Die ist vielleicht so groß wie eine Maus die Spinne hier im Türkreuz."

Steve ging nun vor, stellte seine Taschen ab, beseitigte die Spinne und schaute, ob sich vielleicht noch andere Untermieter im Container eingenistet hätten. Danach musste man den Wohncontainer gut lüften und nach einer gewissen Zeit war es richtig gemütlich hier draußen in den chilenischen Bergen.

Ω

Dann kam der 22./23. November. Schon seit einigen Tagen konnte man mit bloßen Augen diesen hellen sichtlich näher kommenden Lichtpunkt am Nachthimmel erkennen. Heute nun sollte der Asteroid zwar knapp aber an der Erde vorbeirauschen. So, dass man das Himmelsspektakel sogar am Taghimmel würde sehen können.

Ω

In Peking hatte Wang Li-Boa bereits für 6:30 CST am 23. November zur Pressekonferenz geladen. Um 7:18 CST erwartete man dort den Vorbeiflug des Asteroiden. Wang Li-Boa gab keinerlei Hinweise, auf die Bemühungen der Regierung die Katastrophe abzuwenden und kein Hinweis auf das Engagement in der Schweiz gemeinsam mit den Amerikanern und Russen. Auch erwähnte er nicht die Ingenieurleistung der Darmstädter ESA Mitarbeiter. Nein, er ganz alleine als Vorsitzender der White Kakadu Foundation hätte den Asteroiden von dem Kollisionskurs abgelenkt. Er alleine wäre dem zu Folge der Retter der Menschheit, die ohne sein Zutun wie einst die Dinosaurier, von der Erde verschwunden wären. Er, Wang Li-Boa wäre der Retter ganz alleine. Die chinesische Regierung hätte kläglich versagt. Und weil das so wäre und weil er ganz alleine die Menschheit und das chinesische Volk vor der Ausrottung bewahrt hätte, alleine deswegen hätte er es verdient von nun an dem chinesischen Volk vorzustehen, um in die nächste Zukunft zu führen. Wang Li-Boa hätte jedoch wissen müssen, dass er in Peking so hätte nicht sprechen dürfen. So kam es, dass er noch bevor der Asteroid am chinesischen Morgenhimmel erschienen ist, von mehreren Regierungstreuen von der Pressekonferenz Bühne gedrängt wurde. Man brachte ihn vom Ort der Pressekonferenz fort und noch am selben Tag ernannte die White Kakadu Foundation eine neue Vorsitzende namens Leong Wu-Min.

Ω

Zu gleicher Zeit war es in Sankt Petersburg noch mitten in der Nacht. Um 2:18 MSK verzichtete man auch in Moskau darauf, groß über den Asteroiden Vorbeiflug zu berichten. Sergej war im Observatorium und ging kurz nach zwei hinaus auf die außen liegende Plattform. In sternenklarer Nacht fielen die Temperaturen unter 0 Grad. Sergej stand da, dick eingepackt in eine Daunenjacke und einer traditionellen Pelzmütze auf dem Kopf. Pünktlich um 2:18 MSK raste ein greller Lichtpunkt über den Sternenhimmel. Gut konnte man wahrnehmen, dass der Asteroid zwischen Erde und Mond hindurchraste. Allerdings dauerte das Himmelsschauspiel nur wenige Sekunden. Sergej lehnte sich danach für eine Zigarettenlänge an die Hauswand des Observatoriums und ließ sich die Ereignisse der letzten drei Jahre noch einmal durch den Kopf gehen. Sein Forschungsprojekt wird er nun bald abgeschlossen haben und er freute sich schon auf eine dreiwöchige Auszeit in der Hohen Tatra, wo er mit dem Jagdführer Jonka Novak auf die Jagd gehen wird.

Ω

In Berlin sollte man den Asteroiden um 00.18 CET am Nachthimmel beobachten können. Die Wetter-Prognosen für Deutschland waren für solch ein Ereignis jedoch denkbar schlecht. Von Bremen bis Passau und von Usedom bis Freiburg im Breisgau nur Wolken. Das hielt die Deutschen Fernsehanstalten jedoch nicht davon ab schon seit 20:15 CET live zwischen Berlin und Darmstadt hin und her zuschalten. Auf der Zugspitze hatte man eine Live-Kamera installiert, die den Nachthimmel beobachtete. Von dort oben hatte man klare Sicht. Aus Darmstadt erklärten die dortigen Professoren, wie es gelang, den Asteroiden von seiner Kollisionsbahn abzulenken und Kanzler Philipp Amthor wurde nicht müde sich auf allen Fernsehkanälen für diese menschheitsrettende Aktion zu bedanken. Auch erzählte er immer wieder, ohne müde zu werden. Dass er in den letzten Wochen mehrmals in der Uckermark gewesen sei, wo ihm Mutti das physikalische Phänomen sehr eindrucksvoll, auch für ihn verständlich, erklärt hätte. Die Bundespräsidentin Sahra Wagenknecht war

ebenfalls voll des Lobes für die Europäische Welt-
raumbehörde im Allgemeinen und über die heraus-
ragende und bedeutungsvolle Rolle der Deutschen
ESA Ingenieure in Darmstadt. Deutschland hätte sich
mit dieser Leistung für die Menschheit in einem so
hohen Maße verdient gemacht, sodass Fehlleistun-
gen der Deutschen speziell im letzten Jahrhundert
dadurch vielleicht einen Ausgleich erfahren hätten.
Dem widersprachen Historiker deutlich, noch bevor
der Asteroid von der Kamera auf der Zugspitze eingefangen wurde.

Ω

Auf dem Balkon des Buckingham Palastes wartete
King Charles der III. gestützt von seinen Söhnen Wil-
liams und Harry auf den Vorbeiflug des Asteroiden.
Mit dabei auf dem Balkon war auch Sir Phil Evens,
der durch seinen mutigen Artikel in der London
Times, indem er einst auf den Asteroiden und seine
vernichtende Umlaufbahn hinwies, einen wesentlichen Beitrag bezüglich der Asteroiden Abwehr ge-
leistet hatte. Noch immer verbunden war Sir Phil
Evens linkes Ohr, das ihm King Charles III. beim Rit-
terschlag beinahe abgeschlagen hätten. Schlimmer
als der Schmerz traf Phil jedoch die Tatsache, dass
sich King Charles III. über sein Missgeschick eher
amüsiert, als betroffen gezeigt hatte. Und zu allem
Überdruss forderte Prinz Harry von seinem Vater

auch noch eine Zugabe, was Sir Phil Evens fast auch das rechte Ohr gekostet hätte. Trotz dieses Fauxpas war Phil jedoch sehr stolz über die große Ehre, die ihm hier zuteil wurde und er genoss es sichtlich, den Vorbeiflug des Asteroiden im Kreise der royalen Familie verfolgen zu dürfen.

Ω

Über dem Großen Teich an der Ostküste der USA war es derweil früher Abend. Gegen 18:00 EST ließ sich Bill von seiner Pflegekraft Monica, gefolgt von Hillary auf die Veranda schieben. Es war zwar frisch hier in der Nähe von New York, aber klarer Himmel versprach eine gute Sicht auf den Asteroiden. Pünktlich um 18:18 EST legte Monica ihren Kopf in Bills Schoß, während Hillary den Blick gen Himmel richtete, wo hell und deutlich sichtbar der Asteroid an der Erde zum Heile der Menschheit vorbeiflog. Bill bat dann darum zurück in den Salon geschoben zu werden, wo gerade die Vorsuppe zum Abendessen serviert wurde. Bill und Hillary pflegten die Mahlzeiten stets gemeinsam mit dem Pflegepersonal zu sich zu nehmen. Monica bat jedoch heute darum, auf die Vorsuppe verzichten zu dürfen.

Ω

In La Serena war der Asteroid 20:18 CLT zu sehen. Auch hier oben am Observatorium war der Himmel sternenklar und die Wissenschaftler und Mitarbeiter der Abendschicht hatten sich allesamt auf dem Parkplatz vor dem Observatorium versammelt. Linda und Steve setzten sich ein wenig von der Menge ab und wollten den Anblick des Asteroiden alleine genießen. Zu sehr war das persönliche Schicksal der Beiden in den letzten Jahren davon betroffen. Zulange, war Linda in Sorge um Steve, weil sie nicht wusste, wohin er verschwunden war. Niemals wäre sie auf den Gedanken gekommen in Steves privaten Sachen zu stöbern oder seinen Laptop zu hacken. Doch der Asteroid und das damit verbundene Verschwinden von Steve und die aberwitzigen Spekulationen von diesem Harvey Ellis haben sie dazu getrieben, das dann doch zu tun. Und heute, wo dieser im Durchmesser 28 km messende Asteroid in gerade einmal 300.000 km Entfernung an der Erde vorbeirast, muss sich Linda eingestehen, dass es so unendlich wichtig gewesen ist, ihren Mann zu hintergehen und in seine persönlichen Daten einzudringen. Nur so wurde auch sie, Linda, über den todbringenden Asteroiden in Kenntnis gesetzt und nur so konnte das Geheimnis letztendlich öffentlich werden. Und dann brannte auf dem Parkplatz Jubel auf und so hell wie hier oben hat man den Asteroiden an wenigen Stellen auf der Welt sehen können. Aber auch hier oben in den Bergen dauerte es nur wenige Sekunden und der Asteroid war vorbei und auf dem Weg wieder weit hinaus in die Weiten des Weltalls.

Der Parkplatz war schon lange wieder leer als Linda und Steve noch immer ein wenig abseits eng umschlungen standen. Sie redeten über die lange Zeit, in der sie getrennt waren. Der schlimmen Phase als jeder für sich das schlimme Geheimnis alleine in sich trug. Und man sprach über die Macht des Geldes, das letztendlich dazu beigetragen hatte den Asteroiden von seinem Kollisionskurs abzubringen. Auch redete man darüber, dass selbst Anbetracht der Vernichtung der Menschheit, drei große Nationen es nicht geschafft hatten, ihre nationalen Egoismen zu überwinden. Eher wäre man zugrunde gegangen

„Ist das nicht schlimm!" Flüsterte Steve und drückte Linda noch etwas fester an sich.

Ω

In Los Angeles auf der Roof-Top-Terrasse über dem Crazy Pelikan, dort saß Harvey Ellis.

Das Crazy Pelikan wurde von Gucci oder hier nun richtig gesagt, von Chanel gekauft und von Grund auf renoviert. Zudem ließ Chanel ein 280 Quadratmeter großes Penthouse on top bauen. Und dort residiert nun Harvey Ellis, der mittlerweile nicht nur Manager des Crazy Pelikan, sondern vielmehr auch der Manager von Chanel ist. Chanel plant zudem im kommenden Jahr eine Welttournee, mit deren Vorbereitung Harvey Ellis beauftragt wurde. Harvey öffnete eine Flasche Moet und erinnerte sich daran, als er hier im Crazy Pelikan das Geheimnis des Asteroiden ausplauderte und somit die Menschheit rettete. Er ganz alleine. Der kleine dicke Rotschopf Harvey, er war unbestritten der Retter der Menschheit. Das stand für Harvey so fest wie der Ayers Rock mitten in Australien.

Kurz vor 15:18 PST erhob Harvey den Champagner Kelch und murmelte:

„Einen Toast auf Harvey Ellis den Retter der Menschheit!"

Und weiter meinte er:

„So ein Schlückchen kann doch gar nicht verkehrt sein, ohne hätte ich das Geheimnis niemals ausgeplaudert und dann gäbe es den Aufprall am 22. November um 15:18 PST.

Also genau jetzt!"

ENDE

Zeitfracht Medien GmbH
Ferdinand-Jühlke-Straße 7
99095 Erfurt, Deutschland
produktsicherheit@kolibri360.de